集英社オレンジ文庫

イケメン隔離法

相羽　鈴

CONTENTS

God Save the IKEMEN!

IKEMEN KAKURIHOU

第一話 網走

God Save the IKEMEN!

イケメンとは、目立つものであり、うらやまれるものであり、世の中を肩で風切って渡るものである。

そして同時に保護されるものだ。

少なくとも、２０ＸＸ年の、日本では。


月に一回、講堂で全体朝礼がある。

びっしりと集められた「入所者」を前に、「鬼軍曹《おにぐんそう》」がメガホンで叫ぶ。

「最近とみに、風紀が乱れている。若い身空でこのような立場におかれて諸君らも戸惑《とまど》っていることと思う。しかし、奇病への対策が完全になるまで、あとわずかの辛抱《しんぼう》だ。改めて問おう、貴様らはなんだ！」

「イケメンだー！」

一体なんだ。この儀式は。

すべての始まりである「その日」、俺は家の近所でバイトをしていた。

「あー、暇《ひま》」

こっそりとカフェエプロンに入れたスマホを見る。月曜の四時。カフェ「ココ一番館《いちばんかん》」がもっとも暇になる時間帯だった。

なぜカフェでありながらカレー屋に酷似した名前をつけられているのかは謎、ついでに内装はサイゼ×ヤに似ていてイタリア感あふれるBGMが流れている。自分で淹《い》れておいて何だが、コーヒーは割とはっきり、まずい。しかしそれなり程度には繁盛《はんじょう》している。そういう店だ。いつか絶対「モヤさま」が取材に来ると思う。茨城《いばらき》ってのが難だけど。

「広樹《ひろき》くん『ゆうぐれ』帰ってきたね」

「ああ、ほんとだ…」

店長に促されてぼんやりと見上げるテレビでは、小惑星探査船『ゆうぐれ』が無事に帰還したという会見のニュースが流れていた。宇宙開発機構のプレスルームのようなところで、探査飛行の成果が発表されている。

まばゆいフラッシュの嵐に片手をあげて笑顔で答えているのは、一ノ瀬《いちのせ》優作《ゆうさく》。通称「イケメン過ぎるスペースエンジニア」だった。

「ゆうぐれ」の設計から打ち上げに至るまで、常に中心的役割を担《にな》った弱冠《じゃっかん》三十五歳。三カ国語を操る宇宙工学博士。

「……」

比べても仕方ないが、自分とのスペック差が泣ける。

十八歳、顔普通。身長一七三センチ。生まれも育ちも茨城。

普通科高校卒フリーター。内定していた就職先は、卒業間際に倒産した。特技はまずいコーヒーを入れること。なんとなくモテるかなと思ってスタバの面接に行ったら理由はわからないが落ちた。この際パチモンでいいとヤケになって、オスの人魚がイメージキャラを務める「一番館」に使いまわしの履歴書を叩きつけ、バイトを始めた。

(三十五歳か……)

自分がその年齢で何をしているのかはわからない。十数年後。遠いようでもしかしたら、あっという間なのかもしれない。宇宙博士では間違いなく、ないけど。

じゃあ……どこで誰と、何をしてる?

「なになに？　憂《うれ》い顔して。もしかして、一ノ瀬優作と我が身を比較してブルー入ってる？　そっりゃー身の程知らずってもんだよ広樹君」

「店長には言われたくないッスわ」

とは言い返したものの、この三十五歳独身メタボ店長も……地主である。『一番館』がそれなり程度の繁盛具合でも潰《つぶ》れないのはそういう訳だ。家賃がゼロだから。『持てる者』にはとことん、世の中は優しくできている。

「あーあ、なんかやってらんね」

俺がそう、つぶやいた時。

テレビの中で天才エンジニアが、倒れた。

それはもうカックリと、突然すべての力を失ったみたいに。

どよめきとともに、フラッシュがいくつも瞬《またた》いた。

JAXA《ジャクサ》の職員たちが駆け寄り、慌《あわ》てて抱きおこすが、その目は固く閉じられている。

「何事でしょうか……！」

アナウンサーのそんな声とともに、中継は途絶えた。

「なんだろうね、病気かな？」

店長がのんきにタバコをふかしながら首をかしげる。

思えば、それがすべての「イケメン・パニック」の始まりだった。

一ノ瀬優作はばたりと倒れて昏睡《こんすい》し、そのまま目を覚まさなかった。あれこれ検査をしても、原因はわからず。

同じような異変が、間をおかず次々に起こった。一ノ瀬と接触していたテレビキャスターや科学誌の記者、それに町中で握手を求めた一般人。

それらの中から、昏睡したり倦怠感《けんたい》を訴えたりする者が続々と現れ始めたわけである。

「なんか、イケメンが倒れてるってネットで噂《うわさ》なんですよ。俳優の小倉和沙《おぐらかずさ》とか、政治家の泉谷恭一郎《いずみやきょういちろう》とか、休養したじゃないですか。怖くないですか？」

と言うのはココ一番館に先週から入ったバイトのアミカちゃんだった。近所の女子高の三年生。一コ下。けっこうかわいい。

店長いわく「女っ気のないかわいそうな広樹くんのために採用したんだよ。いっちゃいなよ」とのことだ。そう言われても、何をどうかしてどうにかなる算段は一つもない。

「イケメンだけが倒れる？　そんなことってありえんの？」

「でも、『ゆうぐれ』が帰ってきた後に倒れてるの、みーんなカッコイイ、しかも四十代くらいまでの人なんですよ。だから絶対、顔の良さが関係あるって」

そんな出来の悪いSF小説みたいなことが本当にあるのかね、と俺はこのとき思っていた。万一それが事実でも自分には関係ないはずだ、ただただ他人事《ひとごと》のように「大変だな」とノンビリ構えていたのである。

しかしその後も、顔のいい男はバタバタと倒れ続けた。

冗談のような真実というのは意外にもしごく淡々と明るみに出るものだ。事態が急展開したのは、最初の昏睡事件から二カ月ほどたったある日だった。国立の感染症研究センターが、イケメンを狙い撃ちで弱らせるウイルスの存在を突き止め、その事実を公表した。「繰り返しますが、冗談ではありません」と何度も何度も念が押される、シュールな会見だった。わずか二週間後、男性のいるすべての世帯に「調査のお知らせ」が届く。

いわく『国内若年男性におけるウィルス性の昏睡症状の抑制のための国民一斉検査』またの名を『イケメン・チェック』。俺も近所の市立病院で、頬の内側の細胞を取られた。

そのころになると、『イケメンウィルス』……宇宙からうっかりと持ち帰られた可能性の高い通称「ゆうぐれウィルス」の無力化と混乱の鎮静《ちんせい》は、国家の存亡をかけた一大プロジェクトになりつつあった。眉目秀麗《びもくしゅうれい》な男子の昏睡は続き、急に倒れる急性症状と、じわじわと体力を削られる進行症状に大別されること、人によりまちまちな潜伏期間があること、感染力が非常に強く、普通の入院措置で抑えきるのは不可能に近いことなんかも判明し……

そこからはあっという間だった。

史上まれにみる速度で、ある緊急法案が国会を通過。それはシンプルに「イケメンを隔離する」というものだった。

宇宙からの侵略者、もといウィルスに対して政府の対応は異例すぎるほどに迅速《じんそく》だった。対象がイケメンだからさっさと追いやりたかったんだろ？　というような底意地の悪い意見も、もちろん出なかったわけではない。しかし黙殺された。美男子は国家の財産だからちゃんと保護して！　という、おもに女性が形成する世論がそれ以上に強かったのである。


「ウッソだろ……」


イケメン隔離政策のキモは「いかにスムーズに該当者《がいとうしゃ》を一般社会から引っぺがすか」なわけだが、さすがに国というものは行動が早い。

『召集令状』とも呼ばれるその手紙は、ある日突然、ポストに届く。そしてもちろん、バリバリに強制力がある。

家のポストの前で、バイト帰りの俺は立ち尽くしていた。

宛名は『親展・早川《はやかわ》広樹様』差出人は『厚生労働省　ゆうぐれウィルス対策本部』。

自分に「それ」が届くとは、一ミリも想像していなかった……訳ではなく、正直に言うと、多少は引っかかってくれないかなという気持ちもなかったわけではないけど。

「本当に来たよ……」

家に入って、気を落ち着かせるために冷水で顔を洗う。洗面所の鏡に映るのは、毎日見慣れた、ごく普通の自分の顔だった。国家がイケメンと認定しました、と言われてもまったくピンとこない。

「嘘でしょ？　広樹、あんたが？」

十八歳の健康な男子として誠に情けないことではあるが。

俺が最初に報告をしたのは早川ナオミ四十五歳。とどのつまりお袋だった。

「だってアンタ……普通じゃないの顔」

「そうだな」

「元気じゃないの体」

「そうだな」

「騙《だま》されてるんじゃないの？」

「じゃあこれ見ろよ……」

俺は「隔離令状」をお袋に突きつける。

『お前はイケメンウィルス保菌者、あるいは感染の危険が高いイケメンなので、家を出る支度をしろ』という内容が、厚生労働大臣と県知事の署名入りの文書に記されている。

「絶句だわ。まさかあんたが。どう頑張っても中の上って感じなのに。ＡＢＣの三段階ならＢでＡＢＣＤＥの五段階でもＢ……に入りたいけど微妙にＣかもしれないってラインの顔なのに」

親というのはこの世で一番容赦《ようしゃ》がない。

「いいからハンコ押せよ！　未成年者は親の同意が必要なんだよ！」

「もうホントにどうしようかしら。パート先の人に言っても絶対信じてもらえないわ。あんた、どこの施設に入っても、ちゃんと献血に行くのよ」

「分かってるよ」

令状が届いた後のプロセスはこうだ。国が『イケメン』をどうにか婉曲《えんきょく》表現して制度化したものを施行《しこう》するための『特殊顔貌《がんぼう》保持証明』が発行される。生活基盤を『国立保護区』に移すために相談員がやってくる。そしてすべての準備が整うと、イケメンは街を去る。

そう。国家がイケメンを認定し、保護する時代が始まったのだ。

俺が国家にイケメン認定をされたと聞くと、友達は笑った。それはもう無遠慮に、最高の冗談でも聞いたような顔で笑った。親父も「まあ元気でやれよ」と淡々としていて……

一番悲しんでくれたのは、これまた情けないことに、一番館の店長だった。当たり前だ、バイトリーダーがいなければ店は回らない。

「そんな。困るよ。広樹君がいないと、ランチタイムが大変なことになっちゃう。僕、お昼にパチンコ行けないの？」

というかパチンコ行ってたんだなと思った。

後輩のアミカちゃんにはちょっと不満そうに、

「えー、私の彼氏は審査落ちだったのにありえない」

と言われた。というか彼氏いたんだなと思った。

「いやーまさかこの街からイケメン審査をくぐる子が出るとはねー。茨城なのに」

地元で商売までやってるくせして、店長には郷土愛がカケラもない。

「でも大変だねえ。広樹君はまあバイトだから気楽としてもさ。あれに認定された国家指定イケメンって、休学とか休職して保護施設に入るんでしょ？」

「……まあそれはそうなんですけど店長なんでいちいち余計な一言を挟むんスか？」

そうなのだ。

「ゆうぐれウィルス」は伝染性であり、空気感染をする。自覚はないが俺も立派な保菌者だった。今は男子限定のウィルスが、そのうち進化して女性や子供にも悪さをしないとも限らない。

だから、俺たちは遠くに隔離をされるわけである。私生活のすべてをリセットして。

「ごめんごめん。で、どこの寮にはいるんだっけ?」

当然イケメンチェックに漏《も》れた店長が、そう尋《たず》ねた。

「網走《あばしり》です」

俺が答えると、二人はきょとんと首を傾《かし》げた。

「……網走」

「……番外地?」

それは古い映画だ。高倉健《たかくらけん》だ。

「網走ってアレですよね、北海道の端っこの……刑務所あるとこですよね」

いよいよこらえきれなくなったのか、アミカちゃんが噴き出した。

「ウケる。広樹先輩、お土産《みやげ》買ってきてくださいねお土産。木彫りの熊。あはは」

「……気が向いたらね」

ちきしょう。リビング用の特大のやつでも買って店に送りつけてやろうか。

大して悲しんでもくれない連中にごちゃごちゃと見送られて、北海道行きの飛行機にのせられた。感染症予防のため、カーテンで仕切られた特別なシートに座ることになったんだけど……機内に入った瞬間、ＣＡが一瞬「あれ」という顔をしたのを、俺は見逃さなかった。よほどのイケメンが搭乗すると思われていたのだろう。どいつもこいつも、という怒りはその頃にはなくなっていて、もはや「期待外れですみませんね」と世間に謝りたい気分になっていた。

そして、俺の前には今、『特殊顔貌保持者国立保護施設・網走センター』の通用門がそびえている。レンガ塀の高さが、まさに刑務所さながらだった。

当たり前と言えば当たり前かもしれない。伝染性の奇病のキャリアが集められた隔離施設だ。

しかしグラフィティ風の下手《へた》クソな書体で「イケメン・プリズン」と落書きされているのが気になる。妙にガラが悪いというか……物騒な印象だった。であるのに「ようこそ」と書かれたタスキをかけた、謎の生き物の人形まで立っている。網走市のゆるキャラだろうか。明るい笑顔がかえって怖い。

通用門はバリケードと電子ロックで頑丈に守られている。

守衛室の窓越しに召集令状を見せると、

「入れ」

と、ぶっきらぼうに言われ、クリーンルームのようなゲートをくぐらされた。

ごろごろと小さめのキャリーを引きずって中に入る。検疫《けんえき》を通らないといけないし中で必要なものは支給されるらしいので、着替え数日分とスマホのほかにはこれといったものは持ってこなかった。

前庭の案内板を見る。

寮に運動場、プールに議場に管理棟《とう》。その他諸々《もろもろ》、かなりの広さがあった。

全体に散らかっているが、田舎の大学といっても通りそうな様相だった。緊急法案施行後に造られたにしては古めかしいから、何かの建物を再利用したのかもしれない。

「あーあ、今日からここで暮らすのか」

そして一歩を踏み出した瞬間。

「ああー！　避けてー！」

どこからともなく、悲壮な声がした。

次の瞬間、大量のモフモフしたものに体が包み込まれていた。いや、包み込まれてはいない。もみくちゃにされている。

犬の大群が突っ込んできた、と認識できるまでに数秒かかった。

「うおお！」

はっはっはっ、と荒い息が全身にかかる。犬種もバラバラの犬たちは全員、ハチャメチャに興奮していた。

「ごめんね！　こら！　落ち着いてよ！」

（うわ、イケメン……）

困った顔で必死に犬を押さえつけているのは、白衣を着た男だった。年齢はたぶん俺より少し上。瞬《まばた》きしたら星が散りそうな大きな目、少し突き出し気味なのがまったく粗《あら》にならない、色っぽい感じの唇。でありつつナヨッとしてるとかいうこともなく、ちゃんと男らしい。全体に色素が薄く、頬などは少し桃色がかっている。

このレベルの男がたくさんいる場所で、これから暮らすんだよな、と思うと、すでに少し嫌になった。

どうにか犬を落ち着かせてから、そいつは「ふー」と立ち上がった。

「あっ、今日から入所する新人さん？　まずは荷物部屋においてきたら？　中、案内してあげるよ」

どうやら親切な性格のようで、俺の荷物を見て穏やかにそう言った。首からさげたカードケースに『科学研究棟入館証・小里《こざと》シオン』と書かれたIDカードが入っている。ここには研究棟なんてものまであるらしい。

「タコ部屋じゃん！」

寮室に通されて、最初の感想がそれだった。

やたらと縦に長い部屋。ずらりと並んだ二段ベッド。枕元に申し訳程度の広さの棚。これはアレだ。戦争映画に出てくる新兵訓練施設の寝床だ。

「消灯が十一時、起床は七時ね。十二時に一回見回りがあって布団めくられるから気を付けて。舎監の先生、すっごく怖いから」

ご親切にも鬼軍曹がオプションパックされている。

ベッドの上にはぴっちりと折りたたまれた服が置いてあった。広げてみると青色のツナギで……作業着というよりはそのものズバリ囚人服の趣《おもむ》きがある。

「あ、それここの制服。一人一枚支給されるんだけど、服装自由だから誰も着てないんだよね」

着られていない理由は分かりすぎるほどに分かる。こんなもん着たら、気分が滅入って仕方ない。

「信じらんねー今時……これって人権侵害だよ絶対」

正直、もう少しマシな場所に住めると思っていた。自分の名前のプレートがついたベッドに腰かけて、ため息とともに肩を落とす。同室の人間は出払っているのか、ほとんど誰もいない。みんな何をしてるんだろうか。

「最初の頃はもうちょっとユルかったらしいんだけど、あっという間にイケメンの人数も増えちゃってギチギチで。それに脱走や不純同性交友が相次いだから、厳しくしたんだよ」

「同性交友が盛んなら個室にすればいいのに」

「きっともっと盛んになるよ」

……そうかもしれない。

「あ、中庭にＷｉ－Ｆｉ立ってるよ。とんでもなく遅いし通信内容は検閲《けんえつ》されるって噂だけど」

「ネットも満足にできないとか……俺、やっていけるかな、こんなとこで」

自分で言うことでもないが、割と繊細なのだ。

朗《ほが》らかに笑って隣のイケメンが言う。

「あとで僕の個室遊びに来る？　エレベーターなしの五階だけど」

「え？　なんでお前だけ個室持ってんの？」

「特別扱いだよ。僕、東大生だから」

特別扱いをさらりと公言するのにも驚いたが、何より東大という響きに耳を疑った。

「は？　東大ってあの東大？」

「そうそう、農学部から一年ほど、ドイツのホーエンハイムに留学してたんだ。あっちで環境適応型の有機農法とかいろいろやってて」

「ふーん」

ドイツといえばベンツくらいしか思いつかないので、ふわっとした返事になった。

「あ、ピンと来てないって顔してる。ドイツは今や世界有数の農業大国なんだよ。大学には細分化された専門学科もあるし、実験農場もたくさんあってね。もともと高くない地力を上げて作出性を高めつつ、生態系を守った広域農業が盛んで」

「お、おう」

ずいっと顔を近づけられて、熱っぽく早口で語られた。

この距離感の縮め方には、東大生というよりはアキバ系に近い成分を感じる。目が活《い》き活《い》きと輝いていた。

「あ、ごめん。で、帰ってきたら日本じゅう大騒ぎでさ。論文を書いたりするのに個人的な空間が欲しいって申請したら個室の取得が認められたんだよ」

なるほど、世間は地主だけでなくインテリにも優しいらしい。

「現役東大生が網走プリズンにねぇ……なんていうか、社会の損失？　っぽいな」

「んー、でもどうせならここで、寒冷地栽培の野菜でも研究しようと思って。裏庭に僕の畑とビニールハウスがあるんだ。あ、そうだ。広樹君、あとで農作業手伝ってくれない？人手不足なんだよね。農業は楽しいよ！」

アイドルのように整った顔で、にっこりと第一次産業にリクルートされてしまった。


「よく来た！　とにかくこれを書け！」

入所の手続きは、何枚かの書類に必要事項を書くことからはじまった。

「粛々《しゆくしゆく》と暮らし、問題を起こしません」「SNSで所内のことを漏らしません」「体に異変が起こった場合はすぐ職員に申告します」という誓約書にサインをさせられる。三つ目の項目は、潜伏しているウィルスが悪さをした場合すぐに措置が取れるように、という意味だろう。

そして鬼軍曹（これがまた、渋めのいい男だが本当に怖かった）から、生活について子細《しさい》な説明を受ける。

「この施設に暮らす特殊顔貌保持者は高校を卒業した十八歳から二十八歳まで、その数千五百人、ついでに職員が二百人弱。この人数は本家網走刑務所とも大差がない」

「……なんでわざわざこの数字を揃《そろ》えるんだ……」

そしてなぜ、無関係の網走刑務所を「本家」と称するのだろう。

「部屋のわりあては出身地や年齢、『外』での生活様態を鑑《かんが》みて決められる。寮室ごとに素行の良さがポイント付けされる『連帯責任システム』を採用しているため迂闊《うかつ》なことはできないぞ！　節度ある暮らしを心がけろ！」

一瞬「男だらけのハリーポッター」という言葉が頭に浮かんだが、もちろん口には出さなかった。

説明によると、職員の中にはイケメン認定をされた自衛官や教職者や医師も含まれている。鬼軍曹は自衛隊の教育係らしい。道理で怖いわけだ。

「逆らおうなどという気を起こすなよ！」

「……ハイ」

食事は基本的に食堂を利用、外部からの差し入れがあった場合は、それも食べていい。入浴は大浴場か、併設のシャワーブースを使うこと。基本的に朝夕規則正しく暮らせば、生活に大きな制限はない。

「昼間のあいた時間は職員の作業を手伝ってもいいぞ！　貴様、重機は乗れるか！　土木作業に興味はあるか！　第三区にあらたな道を敷設《ふせつ》したいが、工兵の手が足りん！」

「乗れませんし俺、そこまでは体力ないです」

「そうか、ならば社会人講座を取ったり読書をしたり自己研鑽《けんさん》をすることを推奨《すいしょう》しよう！」

……その他、諸々。こまごまとした注意事項が続いた。

「以上だ、わかったか！」

「……ハイ」

「声が小さい！」

「ハイ！！！」


「どうだった？　超怖かったでしょ、鬼軍曹」

「怖いわ、あれは怖いわ」

入所説明と私物検査から解放されたあと、またシオンと合流した。

「まあ、慣れればそんな悪いところでもないからさ。あ、あっちが食堂ね。奥に大浴場とランドリーがあるよ」

どうやらマメな性格らしく、施設をあちこち案内してくれる。食堂もランドリーもやたら広々して、順番待ちにストレスを感じることはなさそうだった。

「ていうか分かっちゃいたけど……右を見ても左を見ても、顔のいい男ばっかりだな」

「まあ女性がいたら大変なことにはなるよね」

宿舎を行き来しているのは本当に、不自然なほどイケメンばかりだった。別に気にしなければいいんだけど、なんとなく居心地が悪い。

何せ「自分以下」の人間が一人だっていないのだ。普段は特別意識をせずにすんでいた序列みたいなものと、そういうことにいちいち注意を向けてしまう自分のサガみたいなものを、いやでも再確認する。

「ってぇ」

あれやこれやと説明をされつつ廊下を歩いていると、前から来た男と肩がぶつかった。

「あ、ごめ……」

「ってーな。前見て歩けよ」

頭一つ高い位置にある顔が、不機嫌そうにこっちをにらんだ。

なんとなく直感で、自分とは種類の違う人間だという気がした。

「ボンヤリ歩いてんなよ。つか食堂の新しいバイトか？」

「……いや、入所者だけど」

「は？　おまえ入所者か？　マジかよ。いや、それにしちゃ普通だよな」

すっかり慣れた反応とはいえ、こうも堂々と「普通」と言われるとムッとする。

「茨城か栃木《とちぎ》かって感じの顔だな」

「おい、北関東を馬鹿にすんなよ」

悔しいが、相手は鼻筋のしっかり通った彫りの深い男前だった。顔立ちはギリギリ日本人だけど、肌が浅黒く肩幅が広い。なんとなく、ブラジルとかジャマイカとか、そっちの雰囲気を感じる。網走は寒いだろうにタンクトップ姿だ。

思わず「野獣」という言葉が頭に浮かんだ。

舎弟なのか、似たような不良を三人連れている。

「数値いくつよ。57くらいか」

見事な図星だった。

『ゆうぐれウィルス』には、自己増殖力や免疫機能への防御因子の強さをアレしてコレした具体的な数値がある。免疫学的に難しい話で素人《しろうと》が聞いても理解不可能なため、ごくシンプルに「イケメン偏差値」と呼ばれていた。顔がいい男ほどこの数値が高い傾向にあり、俺は割とはっきり低かった。イケメン判定の、限りなくボーダーあたりをさ迷っている。

「あんまチョロチョロすんなよ、新人」

「っせーな」

露骨に偉そうな態度に、小さく舌打ちをする。

不良を引き連れてジャマイカ男は悠々と去っていった。

「……相変わらずイカツイなぁ。竜弥《りゅうや》君」

「そういうお前は、何でずっと俺の後ろに隠れてんだよ」

「ごめん。僕、怖い人って駄目なんだ」

情けないことを「てへぺろ」みたいな顔で堂々と言われた。

「だってさー、ああいう人怖くない？　すぐ怒鳴るし。痴漢とかするじゃん」

「え？　あいつ痴漢すんの？」

思わず自分の尻を押さえた。

「ううん。竜弥君じゃなくて、『外』での話。大学一年の頃さ。中央線で何日も、女の子が怖そうな人にお尻触られてるのをさ、勇気出して止めたんだよ。そしたら」

「うん」

「そいつ次の日から、僕を痴漢するようになったんだよ」

「……顔がいいのも大変なんだな」

と、苦労話をしているシオンの横を、ばたばたと一人の男が通り過ぎた。

「アマゾネスが来たぞー！」

「……アマゾネス」

　アマゾネスと言えば、インターネット通販最大手。ネジ一本から核シェルターまでなんでも買えることで有名だ。

「荷物が来たみたいだね。宅配は週に一回、まとめて届くんだ。自分で仕分けて、私物持ち込み票を書くんだよ」

　確かに、階段を下りた先のロビー部分には大小の段ボールが山と積まれていた。

　ビールを箱で買ってる奴もいれば、漫画本を大人買いしている奴もいる。生活用品は支給されるらしいが、服やら何やらはやはり趣味で買い足す人間が大半のようだった。

「おお、新しいアンプついた」

「おまえ金もってんな」

「親だよ。オヤの金」

　仕送りがある人間はなかなか優雅に暮らしている。

「おお、鳴島《なるしま》あいりの新作ＤＶＤ。お目が高いね」

「レンタル料一泊百円な」

　そしてろくでもないことで小金を稼《かせ》いでいる奴もいる。

　なんとなくわかった。

ここは陸の孤島の番外地。

それであっても才能豊かなやつ、腕っぷしの強いやつ、金持ちのリア充、世渡りの上手いやつが部屋を貰《もら》ったり金を稼いだり、なんとなく勝ち組に入る。

そして俺は……ここでは普通どころか、カースト最下位くらいの扱いを受けるような予感がしている。

寮の部屋には「ことぶき」という、宴会場のような名前がついていた。聞いて驚きの十二人部屋である。つまり、二段ベッドが六つ。十八歳の俺は自動的に最年少になるわけなので、どんな扱いをされるのかと気が重かった。

が、しかし。

その心配は幸いにも杞憂《きゆう》に終わってくれた。

「よくぞ参られました。さあ、お座りください」

古めかしい、大河ドラマのような喋《しゃべ》り方。

もう率直に言うと、ウチの室長は僧侶だった。

「高野山《こうやさん》にて修行をしておりましたが縁あってこちらでご厄介《やっかい》になっております。優正《ゆうじょう》と申します」

野球部より短く刈られた坊主頭に、しっかりと着込んだ法衣《ほうえ》。自分のベッドに曼荼羅《まんだら》を飾っている。坊主頭が様になる男は真の美形だとか言うけど、あながち嘘でもないかもしれない。ついでに声もやたらとしっとりして、深い。この声で読経《どきよう》や法話をするとなれば、さぞ檀家《だんか》にも人気があるはずだ。

「自分の寺を持ったことはありませんが、ここでは『住職』と呼ばれております。どうぞそのようにお呼びください」

「……よろしくお願いします」

話によると、室長は組織の管理職とか既婚《きこん》の年長者が務める場合が多く、宗教家もその例に漏れないらしい。寮室にはそれぞれのカラーがあり、校風ならぬ部屋風も様々だが、「ことぶき」は「素行ランキング」争いにはあまり積極的ではなく、割と好き勝手にするのが方針なんだそうだ。

「心がけは大切です。しかしそれは他者により強制されるべきものではありません。人生とは文字通り、ヒトの生を生きると書くのです。生き方というのは己を見つめ、互いを尊重したうえで決めるものです」

……つまり、必要以上には束縛しないから好きに過ごせと、そういう解釈をしていいのだろうか。ガチガチの体育会系でないのだけは本当に、助かるけど。

「ところで早川君、仏門に入る気はありませんか」

「え？」

「君の目には迷いが見えます。また同時に真摯《しんし》な輝きを内包しているようにも見える。心静かに瞑想《めいそう》や写経をするだけでも気づくことがあるでしょう。興味がありましたら是非一度、体験だけでも。仏法の教えは身を助けます」

第一次産業へのリクルートの次は、宗教の勧誘をされた。


移動の疲れで夕方から熟睡して、起きたときには日が昇り切っていた。一応持ち回りで、全員を起こしたり掃除や報告をする係が回ってくるらしいけど。今日は初日なので免除されたみたいだった。

「やることがないなら、私と座禅でも」

朝の読経を終えた住職が、さわやかに言う。

「……えっと」

「冗談です。宗教とマルチ商法のしつこい勧誘は禁止されていますから。時間を持て余しているなら、クエストボードを見に行くと良いでしょう」

住職は道を指し示すようにおごそかに言う。クエストボード。美坊主の口から、いきなりモンハンのような単語が出てきた。

「あー、なるほど。こういうことか」

クエストボードというのは要するに、ただの物理的な掲示板のことだった。

食堂の壁に大きなホワイトボードがかけられていて、伝言や頼みごとが自由に書けるようになっている。

『原宿の美容師です。二千円で髪切ります』

『アイコラ作ってください。顔は倉石《くらいし》アズミを希望』

『不用品買い取ります。明朗会計・スピード決済、アマギフOK。レートは以下参照』

……実用的なものからゲスいものまで、生活に密着した感じのメッセージがいくつも書いてあった。妙なところで自主性を重んじるというか、経済活動はやりたいようにやっていいらしい。まるで一つの町のようなシステムが出来上がっている。

「なるほど、困ったときには助け合ったり、特技で稼いだりもできるわけだなぁ……」

資格は強いぞ、と高校の進路指導で言われたのをふと思い出した。俺も一番館でコーヒーを淹れる練習くらいしておけばよかった。

『バスケ部員募集。未経験者歓迎』

さらには部活動的なものもあるらしい。映研にパソコン同好会、リアルにモンハンの狩り仲間の募集もあるし、『バンド組もうぜ！　ボーカル以外全部募集』ってお約束のアレもある。どこも楽しそうだが、ただ一つだけ『脱獄同好会・君も明日に向かってプリズンブレイクしないか』というチラシだけは、施設の特性上よろしくないような気もした。

これらの部活が全部イケメンだけで構成されるとなると、つくづくよく分からないゴージャス感がある。

「……にしても……何をするかってなると、困るな」

朝食は米とパンから選べるので和定食にした。さすがに北海道なので魚がおいしい。食べた後は洗濯でもして……問題はそのあとだ。さて、何をして過ごしたものだろう。

鬼軍曹は怖い。住職はストイックすぎる。友達はまだいない。施設のあちこちをウロウロした後、シオンのところに行ってみた。そして何故《なぜ》だか今、牛舎で乾草を運んでいる。

「なんか……結局こうなるんだな……」

イケメン農学者は、個人の畑以外に、共有の牛や鶏《にわとり》の管理も一部任されている。この収容所……もとい保護区には、どんな設備だってそろっていた。土地が有り余っていて結構なことである。

「え？　広樹君、牛嫌い？」

「牛は好きだよ。食うと美味《うま》いし」

不穏なことを言うと、牛が「ぷもっ」と悲しそうに反応した。

「そうだよね、牛かわいいよね。ここの牛乳や卵、いずれはデパートの催事場とかに卸《おろ》してもらえないかと思って、販路探してるんだ」

「それって、もしかしてアレ？　刑務所作品展みたいなもん？」

「そうそう。『僕が作りました。イケメンファーム』って写真つけたら売れないかなと思って。ウィルスを外に撒《ま》くわけにはいかないから、検疫体制を調整中なんだけどね」

「……意外と商魂たくましいな」

なんでも商売になるもんだと思いながら、せっせとサイロから牧草や何やらを運んでいた。

なぜこんなことをしているのかと思わないでもないが、ほかにやることはない。

と、牛舎の隅から声がした。

「やっぱハルナだな」

「しかしマユも捨てがたい」

数人の男が、何かを熱心に語り合っている。「あいつら何やってんの?」

「牛にランキングつけて総選挙やってるんだって。ここ、哺乳類のメスは牛と犬くらいしかいないから、ホルスタイン種のハルナとマユはアイドルなんだよ。目つきと腰つきに色気があるって。よく搾乳《さくにゅう》手伝ってもらってるんだ」

「……大丈夫なのかよここの連中」

言ったら負けだがあえて言う。非常にバカバカしい。

しかし、メス牛の尻にうっとりしているのは、全員町ですれ違えば思わず振り返るような美男子ぞろいだった。俺だって『外』では普通か、頑張れば雰囲気イケメンと呼ばれることもあったのに。あの中に入ったらかなり切ない感じで、見劣りするだろう。

「ハー……なんていうかヘコむわ。世の中にイケメンっていっぱいいたんだな」

「仕方ないよ。どんなジャンルにおいても、中途半端な層が損するっていうのはさ」

「……おまえ、にこにこ笑ってひどいこと言うよな」

「こう見えてもシビアなんだよ僕。なんたって受験戦争闘ってるからね」

「そういう問題か?」

だらだらと話しながら、牛の寝床を丹念に掃除する。

その日も疲れて、すぐに寝た。心地よいと言えなくもない疲れだった。

夢を見ていた。

『ではこれより、イケメン診断を開始します。採血しますよー』と、市民病院のナースが言う。かわいいその看護師が、旅客機のＣＡになって「ちっフツメンかよ」という顔をする。バイト先のアミカちゃんが「ええー、審査通ったんですか嘘ぉ」と目を丸くする。彼女はさらに俺のお袋になって「献血に行きなさいよ」と説教をし、最終的にはメス牛に変わって角を立て、どこまでも迫ってきた。平たく言って、悪夢だった。

妙な夢がぷつっと終わり、うっすらと目を開けると、そこにあるのは寮の天井だった。スマホを見れば深夜一時。もう見回りは終わっている。いつの間に布団を剝《む》かれたんだろう。

隣のベッドをふと見ると、いつの間にか空になっていた。夜はみんな、割と好き勝手にしているようだ。

「……俺もシオンとこ行くかな」

実家を出てまだ数日だ。なんとなく、人恋しい。実家にいた頃だって、夜中にふっと起きることはいくらでもあったけど。ここは住み慣れた家ではなく北の果てだ。事情が少し違う。

「……いや、寝るか」

シオンはたぶん今頃、本でも読んでるか論文書いてる。邪魔するのも悪いし……何より、明日も早朝から農作業がある。さっさと寝ようと思ってまた目を閉じた。

「今日は犬を散歩させてね。僕は畑で大根の世話があるから」

しばらく一緒に行動して分かった。シオンは意外と人使いが荒い。

「大中小あわせて十五匹いるんだ。それぞれ相性があるから、四グループに分けてね。はいこれ」

と渡されたのは犬の散歩の班割り表だった。

愛情相関図のような形で、犬の特徴と関係性が書いてある。……意外と絵がうまいのがまたなんとも。

「なんで犬、こんなにいるんだ？」

「以前はここ、ペットを連れてきてもよかったんだよ。入所者の精神衛生上いいからってことで。でもみんな世話が面倒になってここに置いてっちゃうんだよね。ペットを無責任に捨てるなんて許せないよ」

「ふーん、現代の病理がここにも」

「ってわけで散歩頼むね。あ、犬の後は牛の運動もあるからね。今日は『解禁日』だからがんばろ」

シオンは物置からクワやら犂《すき》ら肥料やら、何かの検査キットやらをせっせと取り出しつつ聞きなれない単語を口にした。

「『解禁日』？」

「毎週土曜日、就寝時間の制限がなくなって、夜間の自由行動が解禁されるんだよ。成人は飲酒もＯＫ」

「そりゃまたさぞかし……すごそうな……」

無礼講を通り越して、無法地帯になるんじゃないだろうか。

「毎週必ずさ、一人か二人行方不明になって、敷地のどこかで行き倒れて発見されるんだよね」

「やっぱり……」

いろんな意味で予想を裏切らないプリズンだ。

「きゃん！」

呆《あき》れていると、足元で甲高《かんだか》く犬が鳴いた。

さっさと連れていけとばかり、茶色いチワワがリードをくわえている。

「はいはい。行きますか」

ワンワンきゃんきゃんとやかましい犬たちを連れて、俺は農道を歩き出した。


その日の晩。俺は一つの教訓を得た。

狭いところに顔のいい男ばっかり押し込めても、ロクな事にはならない。

『解禁日』は、確かにこう、すごかった。

中庭で花火を打ち上げる奴、ＤＪ気取りで爆音をならす奴、アニメＤＶＤの鑑賞会を開く奴、勝手に野球のナイター試合を始める奴。住職は中庭で火を焚《た》いて半裸になっている。何の意味があって半裸なのかは知らない。修行だろうか。熱そうなんだけど。

バカ騒ぎを横目に眺めつつも、俺とシオンの過ごし方はいたって地味だった。食堂の片隅でちまちまと酒を飲んでいる。別にシオンの部屋でもいいんだけど、引っ込んだままでいると本格的に陰キャ化が進みそうで、それは若干《じゃっかん》避けたい気もした次第である。

「あー、美味《おい》しいね」

二十一歳のシオンはそれなりにいける口らしく、ビールをぐいぐい飲んでいる。俺も一杯くらいならいいかと思って付き合うことにした。こっちはノンアルだけど。

傍目《はため》には堂々の未成年飲酒だが、土曜はうるさく言われないらしい。

舎監連中は何してんだろうと思って尋《たず》ねたらシンプルに「徹マン」という答えが返ってきた。鬼軍曹も人間だ。

「あー、美味しい。もう一本開けてもいい？」

「お前、よく飲むな……」

「ドイツでビールばっかり飲んでたからね。けっこう強いんだよ」

顔はほんのりと桃色になってるが、特に酔ってるという風でもない。

「へえ、意外……なんかお前って割と何でもできるな」

つまみ代わりの野菜の煮込みも、その辺の食材でシオンが作った。俺も一番館で作ってたパスタを出したが、正直、味で負けている。

「まあ運動以外のことはたいていできるね僕」

「だからサラッと言うな、そういうことを」

「いやぁでもさ、運動できないの致命的じゃない、男だし」

「そういうもんかね？」

ニコニコと笑ってビールを飲んでいたシオンが、そこでふっと、真顔になった。

「ね、変なこと聞いていい？」

「何？」

「広樹君はさ。怖くないの」

「怖いって、何が？」

「例の地球侵略ウィルス。あれって保菌者なら、いつ倒れても不思議じゃないよね」

「……俺は、別に顔よくないから関係ないし」

イケメン偏差値が低いので、急性症状が出ることはほぼないだろうと医者から太鼓判を押されていた。

「広樹君。だめだよ。そんな投げやりなの。僕が困るよ。ちゃんと気を付けて」

シオンが真剣なまなざしで、迫ってくる。

親身な口調に、ささやかな友情の芽生えを感じた。のはわずか一瞬で。

「広樹くんがいなくなったら、だれも犬たちを統率できない」

「……あ、労働力として必要なのかよ。お前ほんとシビアだな」

「うん。まあ飲んで」

どぼぼぼ、とさらにビールが注がれた。

「おまえはそうやって大体のことを笑顔で煙《けむ》に巻くよな」

「はいはい飲んで」

「まあよかったけど。話せるやつができたっていうのは。人使い荒いけど。うんまあよかった」

「うんうん飲んで」

「どうにかなるよなー、人生何事もー」

「そうそう飲んで」

その辺のキャバクラ嬢よりよほどかわいい笑顔で勧《すす》められ、だからという訳でもないけどついつい酒が進んだ。そこから先のことは、あまり覚えてない。

翌朝、とんでもない頭痛と吐き気に見舞われてシオンの部屋で目覚めた。

ノンアルのビールでも酔う時は酔う、というろくでもない教訓が胸に刻まれた日だった。


規則正しい暮らしが、それからさらに一週間ほど続いた。朝食・農作業・昼食・犬の散歩・洗濯・夕食・だらだら。その繰り返しだ。合間に住職のありがたい話やらオリエンテーションやらが、たまに挿入される。

今日は網走の空に、冷たい雨が降っている。畜産動物の世話もメス牛親衛隊がやってくれるらしいので、俺とシオンは部屋でマッタリしていた。

「王手」

娯楽が多いような少ないような「イケメンプリズン」で、地味に流行《はや》っているのが将棋だった。施設長が趣味にしているという噂があり、対局相手を務めると違反点数が返してもらえるとかもらえないとか言われている。

「あー、また負けた」

「僕アマチュア三段持ってるんだ」

アマチュア三段がどのくらいすごいのかは分からないが、とにかくシオンは強かった。

「これだけ指せるんなら、施設長とやらにも勝てそうだな」

「うーん、でも下手に負かしたらかえって待遇悪くされそうじゃない？　それに施設長、なかなか捕まらないんだよ。素顔を見たことがある人が全然いないんだ。一般入所者に紛《まぎ》れて何かをスパイしてるって噂もあるし」

「なんで施設長がわざわざそんな、レザボアドッグスみたいなことするんだ」

やれやれ、と寝そべる床には、英語やドイツ語の本やレポート用紙がバラ撒かれている。どの紙にも共通して、大根の写真があった。

「あ、気づいた？　裏庭の大根畑、あれ僕の研究床《しょう》なんだよ。ドイツにいた頃、あっちで食べたのが結構おいしくてさ。あっちだと『デァ・レティッヒ』とか『ラディスヒェン』って発音するんだけど」

「……ドイツ語ってなんでもカッコイイな」

「名前だけじゃないよー。大根て、すごく奥が深いんだから」

「……そうなん？　大概《たいがい》どこにでもある野菜だろ」

「何言ってるの、大根は最高だよ。元は雑草なのにおいしいしさ。たくましくてすぐ交雑するしさ。未知の酵素だってたくさん含んでる。海外の遺伝育種学者は桜島《さくらじま》大根や守口《もりぐち》大根にも注目してるんだよ」

身を乗り出して早口で大根について力説された。

「お、おう」

「せっかく寒いところにいて周年栽培ができるから、たくさん育てて品種改良したいんだ。太いけどスルッと抜けて病気に強い大根を作るのが目標なんだよね。そうだ、試作品を干したやつがあるけど、おやつに食べる？」

キラキラとした瞳で、大量の沢庵《たくわん》まで振舞われた。

とりあえず、このイケメン農学者の情熱は今、大根に向けられているらしい。

というわけで、最近の俺は主に大根農家をやっている。

シオンは研究棟に詰めていることも多いので、実作業はすっかり俺の仕事になった。といっても、肥料まいたり防虫ネットかけたり、その程度だけど。

今日は俺がひたすら雑草を抜き、シオンは何やら葉っぱ部分の写真を撮っている。

「やっぱり大根は最高……でもないな。大根はどこまでいっても大根だ」

「ええー。もっと可愛がってよ広樹君」

生産というよりは研究用の畑なので、作業量は多くない。だらだらやっても余裕で終わる。それにやっぱり陽のもとに出るわけだから、ジムでひたすら汗を流すとかそういうのより、健康的でもあったりする。

しかしその平和は、長く続かなかった。

「おい！　この犬の飼い主おまえか！」

畑に荒々しい怒鳴り声が響き渡る。

立っているのは竜弥……デカくてごつくて顔の濃いあいつだった。今日もマッチョタンクトップ姿、しかもご丁寧《ていねい》にラスタカラーである。朝夕だいぶ冷えるようになってきたのに、何でいつもいつもジャマイカ気分なんだろう。

胸に、この世で最もこいつに不釣り合いであろう生き物、チワワを抱いている。元々小柄な犬が、やたら広い胸板のせいでとんでもなく小さく見えた。

「僕が飼ってるってわけじゃないんだけど……どうしたの？」

威圧的な相手が嫌いなシオンはほとんど俺の後ろに隠れるような格好になっている。

「こいつ俺の足に小便ひっかけたぞ。どういう躾《しつけ》してんだよ」

怒り心頭という口調の割に、犬の尻にはちゃんと手を添えて優しく抱いている。しかし当の犬は、かわいそうなほどプルプルしていた。野獣のような男につかみあげられて連れてこられたなら当然だ。

「あ……ごめん」

いつものニコニコとした強気はどこへやら、シオンはすまなそうにぺこっと頭を下げる。

「なんで謝るんだよ。別にシオンは悪くないだろ」

「なんでお前が口出すんだよ。地味」

『地味』。そのなにげない二文字が、自分でも意外なほど癪《しゃく》に障《さわ》った。つい、口調にたっぷりと棘《とげ》が混ざる。

「生きてんだからそういうこともあるだろ。離せよ。怯《おび》えてんだろ」

「このパンツ高ぇんだぞ。どうすんだよ」

「ランドリーで洗ってこいよ！」

「じゃお前洗えよ！」

「なんでだよ！」

頭上の怒鳴り合いに、きゅううん、と犬が縮み上がっている。

無理やり抱き取ろうとしたら、肩をぶつけられた。ほんのちょっと小突かれただけなのに、相手は体格がいいのでよろけそうになる。

「っつ……」

むかついたので、思い切り地面を足で蹴る。

ちょうど足元でシーソー状になっていた廃材がしなり、端の方に乗っていたペンキの缶が跳ね上がった。昨日、シオンと犬小屋を作った名残《なごり》である。

それはパコンときれいに、リョウヤの脳天に落下する。

「ってぇ！」

その隙《すき》にサッとチワワを奪い取った。

「すごい。アクション映画みたい。ＪＣだＪＣ」

シオンは無邪気に感激しているが、問題はここからだ。椅子なり脚立《きゃたつ》なり、ジャッキー・チェンにはある次の一手は、俺には何もない。

「やんのかコラ！」

カッとなった竜弥は、俺の胸倉を思い切りつかみあげた。

「だから大声出すなよ！」

「これが普通の声だよ！」

「ますますどうかしてるよ！」

言い争う俺たちに、シオンは完全に顔色を失っていた。

「や、やめてよ！」

と叫びはするものの、思いっきり腰が引けている。

「おい。こいつ頼むわ」

チワワをぐっとシオンに押しつけた。

胸元にかけられた手を思い切り振り払って、相手をにらみつけてやる。

「お前、なんか気に入らねえな」

「そんなもんこっちだって同じだよ！」

「先に言っとく。それ以上ナメた口きいたら、蹴るぞ」

「好きにしろ！」

言い終わらないうちに、頭突きをかました。少年漫画でもなんでも、タチの悪い奴に仕掛ける先制攻撃は頭突きと決まっている。

「っ！　こいつ！」

あとはもうひたすらに、やってやられての繰り返しだった。絶対にひいてたまるかという一心で、蹴られようが吹っ飛ばされようが食らいついた。

ピー！　と遠くで、教官の笛の音が聞こえる。


気が付くと、薬品臭《くさ》いベッドに寝ていた。シーツがパリッとしていて……やけに白い。すぐに医務室だと気づき、少しの安心と「やらかした」という気持ちが同時に湧いて出た。

わき腹がズキッと痛む。

「あいつ、思いっきり蹴りやがって……」

重心がしっかり軸足に乗った、やたらと型のきれいな蹴りが深々と入っていた。

「……どっか折れてたら治療費出せよ」

毒づきながら寝返りをうつと、動きが固まる。

「げ……竜弥じゃん」

隣のベッドで、よりにもよって「あいつ」が寝ている。騒ぎを起こした立場で言うのもアレなんだけど、せめてベッドを離すくらいの気遣《きづか》いはないのだろうか。

竜弥の顔には、大きなキズバンが貼ってあった。こいつもぶっ倒れたんだろうか。喧嘩で人をノしたのは初めてだ。気が晴れたというよりはなんとなく後味が悪い。でもダブルノックアウトだったのなら、やられたばかりじゃなかったって意味ではスッとする……と思って再び寝返りを打ったら。

そこに他人の顔があった。

「はいはい、おはようございます」

「ギャっ！」

耳元でふっと息を吹きかけられた。

「しーっ。大声出さないの。血圧あがるわよ」

間近で俺の顔を覗《のぞ》き込むのは、この医務室の主、ダビちゃんである。年齢不詳、本名不詳。なまじな女子より長い美髪を一つにくくったねっとりセクハラ系の乙女男子だ。職業はドクター兼カウンセラー兼生活指導員。

ダビちゃんというのは、ハーレー・ダビットソンに乗っていることからついた名らしい。職員特権で持ち込んだサイドカー付きのごついバイクで敷地内をいつもかっ飛ばしている。

ちなみにシオンも農業従事者特権で、軽トラの運転なら許可されている。俺はだいたい荷台に乗っている。

「気分はどぅお？」

「……最悪です」

　正直に答えた。

「あら。竜弥君とまったく同じ答え。彼もさっき一回起きて『最悪な気分だ』って言って、また寝たわよ」

「あ……アレはふて寝なのか」

　てっきり俺の方が早く目覚めたと思ったので、なんとなく癪だった。どうやら、そんなに多大なダメージを与えたわけではないらしい。

「そうよ。『素人と相打ちになって気分が悪い』ですって」

「……素人？」

「あら、知らない？　彼ボクサーよ。ライトヘビー級の有力選手。最近層が厚くなってきた階級だからあまり話題にならないけど、一応オリンピック代表候補。ここでも自分用のジム持ってるわ」

「こいつが……オリンピック候補……」

　目立つわりにあまり姿を見かけないと思っていたら、こいつも「個室持ち」だったらしい。ますます気分がささくれだった。

「喧嘩や賭けボクシングでよく担《かつ》ぎ込まれてくるんだけどねー。素人相手には足しか使わないんですって。馬鹿のくせに変なところにポリシーあるのね」

「……」

言われてみれば喧嘩の最中、確かに、パンチは一発も貰わなかった。

一応でも対等にやりあってノックアウトを奪ったと思ったのは、俺の勘違いだったようだ。

最悪だった気分が、最悪の底を割ってどん底になった。

「でもやるわねアナタ、今じゃ彼にケンカ吹っかける子なんてなかなかいないのに」

「俺こいつと無茶苦茶相性悪いんで」

「だめよ。仲良くしなさい。あなたたち、運命共同体なんだから」

「冗談じゃねえ」

どんな素晴らしい運命だろうと、こいつと一緒ならごめんこうむりたい。

「ところであなた、地味ね」

「……また『地味』か」

なぜ顔のいい男というのは、どいつもこいつもデリカシーがないのだろう。

「……でも朗報よ。アタシ地味専なの」

「すいません。俺もフテ寝します」

ジャッと瞬時に、カーテンを閉めた。

もう一度目覚めたとき、隣には相変わらず竜弥がいた。いい加減配慮してほしい。何故《なぜ》こいつといつまでも顔つき合わせなきゃいけないのか。

「あ……」

小さな呟きが聞こえる、と思えば、逆側のベッドサイドにいるのはシオンだった。俺の顔を覗《のぞ》き込もうとしてやめたような距離で、所在なく立っている。

「……っ」

目が合うと気まずそうに一歩あとずさり、そのままくるっと踵《きびす》を返した。明らかに、俺と話すのを嫌がった様子だった。

「あらー、かわいい」

「ギャっ！」

そしてまた、ダビちゃんが突然に現れた。ここまで完全に気配を消して近づかれると、怖い。

「あれはね、自分のふがいなさを恥じて話ができないのよ。青春だわ」

「……？」

「あのかわいい子、あなたたちが喧嘩してるとき、手も出せずにじっとしてたみたいなの。きっとそんな自分が嫌いなのね」

「別に気にすることないのに……あんなしょーもない喧嘩」

むしろ加勢しなかったシオンの方が、よほど賢いと思うのだが。

「きっと男として、何か思うところがあるのよ。ところであなた、眠れないの？　ドライブ行く？　サイドカー乗せてあげようか」

「いえ、寝ます。おやすみなさい」

そしてまたジャッとカーテンをしめた。

寝たら寝たで別の危険がありそうな気もしたが、とりあえずまだ体が痛いので休むことにする。早く回復して、竜弥の隣のベッドから退散したい。

「あー、書けない」

「うるせえな。黙ってろ地味」

翌日もやはり、俺と竜弥は隣同士で寝ていた。何せ、曲がりなりにも失神をしたわけなので、まる二日の療養を命じられている。反省文を書けと言われて、原稿用紙と鉛筆が差し入れられた。

「こんなもんはさっさと書いちまえばいいんだよ。反省文なんざ、テンプレってやつがありゃ楽勝だ」

どうやら竜弥は書き慣れているらしく、スイスイと升目《ますめ》を埋めていく。反省文なんてぶん投げると思いきや、妙なところで真面目《まじめ》だ。

「おう、書くコツ知りたそうな顔だな。教えてほしけりゃ、謝れ」

「いやだね。つーか二人とも同じ内容で書いて出したらバレバレじゃん？」

「ああ？　やるかコラ」

こいつとは口を開けば喧嘩になる。

「はいストーップ！」

そしてたいてい、乙女系ドクターが仲裁《ちゅうさい》に入る。

「もう、今日で何回目？　本当に二人とも、すぐカッカするんだから。ちょっと抜いとく？」

「……」

俺と竜弥は同じ動作でプルプルと首を振る。

「なに、その顔。抜いとくってのは血のことよ。あなたたち献血、大事よ？　どっちも血の気が多いし」

「ちょっと血を抜いたくらいでこいつのバカは治んないだろ」

「ああ？　今なんつったコラ」

「はい、スト――――っぷ！」

そしてまたダビちゃんが止める。もう延々、この繰り返しだ。もう心の底から、一秒でも早く退院したい。


数日後。俺は本当にダビちゃんに抜いてもらっていた。当たり前だが、血液を、である。

「今時はドクターヘリだってあるし保存技術も上がってるから、そんなに心配しなくていいんだけどね」

この保護区には献血ルームまで完備されていた。医療用というよりは、本当に入所者の血の気を抜く目的で認可された施設なんじゃないかと言われてるけど。

手の甲に刺さった注射針のチューブから、血がゆっくりと吸い上げられていく。

「でも感心ね。記録を見たけど、ちゃんと定期的に献血してて」

「はあ」

お袋が入所前に「献血をしろ」としつこく言っていたのはこのことだ。

俺の血液型はＡＢ型の、中でも珍しい型で輸血となるとだいたい三千人に一人しか適合しない。自分が大けがをした時のため、あとは相互扶助《ふじょ》という意味でも、まめに献血するようにしていた。

「まあよかったわね。ここにはお仲間がたくさんいるし」

「仲間？」

「竜弥君とシオン君、あなたと同じ血液型よ」

「え？　あいつらも？」

だらだらとそれなりに一緒に過ごしているシオンと、犬猿の仲の竜弥の血液型が同じ。

血液型占いなんてものはアテにならないんだなと思った。

「そうよ。バカみたいなプリズンだけどそういうところはちゃんとしてるの。もしものことが起こってもいいように、珍しい血液型の持ち主は多めに入所させてあるし、あと、アレルギーなんかにも対応して……あっ」

そこでダビちゃんが、しまったという顔になる。

『あっ』はこっちのセリフだ。

その一瞬の表情で、なんとなく、わかってしまった。

「……先生、ウカツすぎません？」

イケメン判定超ボーダーで、今のところピンピンしている俺が、なぜわざわざ遥《はる》か遠くの保護区にたたき込まれたのか。

たぶんそれは……若手農学者のシオンやオリンピック候補の竜弥に何かあった場合の「供血用」としてだろう。『あんただってね。誰かの役に立てるんだから』と昔から、お袋がよく言っていた。

気づいた瞬間、一気に気分が沈む。

そっか。それってつまり、俺はスペアなんだな。

頭から追い出そうとしてもその事実が消えない。体から出ていく真っ赤な血が、とてつもなく恨めしかった。


医務室から解放されて数日、俺はシオンの部屋に行かなかった。シオンもシオンで気まずいのか、呼びには来ない。「ことぶき」のベッドでただ何となく、ふてくされて寝ていた。住職は『それもまた人生』とだけ言って、深くは干渉《かんしょう》しなかった。坊さんというのは懐《ふところ》が深い。

読み古しの漫画本を借りて読んで、飯と風呂の時だけ起きて、自分は意外と引きこもりの才能があるなと思った。補欠扱いでイケメン保護区に入って新たに気づいた才能がコレとか、笑えない。

「そういえば俺、茨城にいたときは何してたんだっけ……」

毎日起きて、バイト行って、家に帰って友達と適当にラインでもして、テレビ見て寝る。たまにコンパやライブの予定が入るくらいで……バイトがなくなったら、結局はヒマなのだ。

シオンが「ことぶき」を訪ねてきたのは三日後で、声がかかったのは寝ている俺の背中側からだった。

「あのさ。ごめんね」

おずおずと、そう切り出される。

「このあいだ、助けられなくて」

「いいよ、別に」

シオンは喧嘩なんかしない方がいいに決まっている。こいつが殴られて研究が滞《とどこお》ったら、それはたぶん日本の損失だ。

「……広樹君、怒ってる?」

「怒ってない。なんかダルいだけ」

「……具合悪いの?」

「いや別に……大丈夫だから。しばらくほっといて」

ぼそっとそれだけ、言って返した。

八つ当たりしたなと思ったのは、シオンが去ってからだった。けどさすがに、今あいつの顔は正面から見れない。顔が良くて頭のいいシオン、ただ血液型が同じなだけで呼ばれた俺。その事実を、いやがおうにも思い出すからだ。

それからさらに数日、同じように過ごした。

牛小屋の作業が気になったけど、メス牛を愛する親衛隊が世話してくれているのか、手伝えとは言われなかった。

散歩係のいなくなった犬はノーリードで広い敷地を勝手に走り回っている。キャンキャンと楽しそうだし別にトラブルも起きてない。

追い打ちのように「一番館」の店長からメッセージが届いた。俺なき後の一番館ではアミカちゃんがバイトリーダーとして店を切り盛りしており、店長のパチンコの出玉も絶好調らしい。

……結局俺がいなくても、世界は回っている。一体いつの間に、こんなに卑屈な人間になったんだろうとふと考えて、いやもともとこんなだった気もするなと思いなおし、そのうちに面倒くさくなってまた寝る。そんな繰り返しで、毎日が過ぎた。

しかし俺の引きこもりは、それほど長くも続かなかった。

暇だ。

やることがない。

やることがないと徐々に、いろんなことが気になってくる。『外』の友達は何してんのかなと思ってつながりにくいW-i-F-iで連絡を取ったら、みんなやたらとイキイキしていた。「就職した！」「彼女ができた！」と前向きな話題のオンパレードで、二十歳《はたち》そこそこで結婚すると言い出す奴までいた。一体外では何が起こってるんだろうと、ふだん大して読まない新聞を読んでみたら『イケメンパニック以後、国内総生産と婚姻率が上昇』という記事が出ていた。どうも町からイケメンが消えて以後、減った人口ぶんを埋めるために社会全体で頑張ろうという気風ができているらしい。もっと身も蓋《ふた》もなく「目の上のタンコブがいなくなって不細工がやる気を出しただけだ」「イケメンがいなくなって女性が結婚相手に妥協《だきょう》しただけだ」という意見もあったが。

そこではじめて、危機感を覚えた。

世界は本当に俺がいなくても回っている。みんな淡々と、どこかへ向かって進んでいる。

仮にもしも俺がこの保護区を出たら。

いろんなものを手に入れた「外」の連中と、今度こそ正面から闘う羽目になる。自分の持ってる力で、争う羽目になる。周りがイケメンで肩身が狭いと文句を垂れている場合ではないのかもしれない。だけど今から、何をどう始めたらいいのか、それは分からない。

シオンが再び俺のもとを訪ねてきたのはそんな時だった。


「広樹君に……ちゃんと頼もうと思って」

同室者がほとんど出払った「ことぶき」の枕元で、シオンは思い切ったように、そんなことを言った。今日は背中側からじゃなく、正面からだった。

「頼む？」

「うん。僕さ、農作業、ずっと手伝ってもらってたけど。思えばちゃんとは頼んでないなと思って」

「……いや、それは別に……暇だし」

妙なことを気にする奴だなと思った。

シオンはふうと息をついて、憂い顔で口を開く。ぽつぽつと切れ切れに、しかし迷いながらというわけではなくて、しっかりとした口調だった。こんな時になんだが、じっと目を伏せた表情を見て、本当に整った顔をしてるなと思った。

「ドイツからさ。逃げてきたんだよ僕」

「……?」

「あっちでさ。ちゃんと頼めなかったんだ。してほしいこととか色々。なんとなく頼んだつもりでも、はっきり言わないと通じないから。もう全然意思疎通《そつう》がうまくいかなくて日本人は羊や牛よりおとなしいな、なんて言われて。それで嫌になって、帰ってきたんだよ」

よくある話といえばそうなのかもしれない。でも多分、それはシオンにとってははじめての挫折《ざせつ》だったりするのかもしれない。ニコニコ笑いつつ、やたらずばずばモノを言うのも、いろいろあった結果で生まれた処世の術《すべ》だったりするのかもしれない……いや、これは多分考え過ぎだ。

「あっちで研究してた種苗《しゅびょう》とか……置いてきちゃった。だからさ。今育ててる大根だけはどうにかしたいんだよ。今度こそちゃんと頼むから……広樹くん、手伝ってくれない?」

いつもの笑顔をひっこめて、シオンは俺に正面から言う。

「そうだよな。とりあえず……大根からでいいのかもな」

この保護区には、仕事もない。付き合う相手もいない。だから大根。それでいいような気もした。よいしょと起き上がると、全身がバキバキと鳴った。

「なんか……ごめん。ずっと寝てて」

「ううん。良かったよ」

ぎこちなくそんな会話をしていると、足元から「キャン！」と犬の声がした。ベッドの下からぽろんとチワワがまろび出てくる。

「なんだ、お前も呼びに来たのかよ」

「キャン！」

なでてやると、潤《うる》んだ眼の小型犬は勢いよく胸に飛び込んできた。……かわいい。ここの住人が動物を疑似恋人にする理由がちょっと分かりかけてしまう。いややめろ考え直せ俺と頭を振った。


こうして俺はめでたく大根農家に復帰して……これでしばらくは穏やかな日々が続くんだろうと思っていた。

だけど結論から言えば、そうは問屋が卸さなかった。

シオンが目の前でガクっと倒れたのは、ある雨の日のことだった。いつものように将棋でもしようかと思って、俺が部屋を訪ねるのと、ほぼ同時の出来事。

「シオン！」

身体から一瞬ですべての力を失ったような、これとまったく同じ倒れ方をする人間を、俺は見たことがある。「イケメン・パニック」発生のきっかけとなった、「小惑星探査船ゆうぐれ」の帰還会見。あの時倒れたのは『イケメンすぎるスペースエンジニア』一ノ瀬優作で……彼はまだ目を覚ましていない。

「おい！」

自室のベッドに突っ伏すようにして動かなくなったシオンを、揺さぶり起こす。うっすらと目が開いたので心底ホッとした。

「あっ……ごめん。大丈夫だから」

それは嘘だと思った。どう見ても普通じゃない倒れ方だったからだ。

「シオン。お前最近、検査受けてるか？」

「受けてるよ。当たり前じゃん」

それも嘘だと思った。

そして俺が嘘だと思ったことにも、シオンはすぐに気づいたようだった。

「ああ、そっか……ごめん。僕、広樹君には隠し事しないって決めたんだった。あのさ。多分アウトだと思う。昨日からすごく、体がだるい」

「ヤバイじゃん、早く連絡……」

「待って！」

立ち上がろうとすると手をぐっと押さえられた。

「お願い。誰にも言わないで」

「お前、何言って……」

まだウィルスについては謎の部分も多く、高レベルの保菌者同士の接触による影響はほとんど解明されてない。段階症状がカケラでも見えたら、即座に隔離することになっている。

「絶対、広樹君に迷惑かけないから」

「いや、俺にはかからなくても……」

そこまで言いかけて言葉を飲み込んだ。

『他のやつにうつす気かよ』

とは、さすがに言えなかった。

「しばらく、論文書いてるってことにしとく。反応を待ってるサンプルや、結果待ちの発芽実験床がたくさんあるんだ」

その目はあまりにも必死だった。同時に『大根だけはどうにかしたいんだよ』といういつかのセリフが思い出されて、説得する言葉が全部、喉《のど》の奥でしぼんだ。

「…わかったよ」

ここに来た初日「体調不良は絶対に隠さない」と書かれた誓約書にサインをした。たぶん、隠匿《いんとく》もかなりペナルティが大きいと思う。

バレたらどうなるのか想像もつかなかった。ヤバいと思ったときには絶対に隠すな、シオンにそう約束させて部屋を出たけど。

「……大丈夫かな」

それが正しいとは、とても思えなかった。

あれから二日。シオンは本当に発症したかもしれないことを隠すつもりらしく、研究棟にこもっている。

今朝、寮を出ようとしたら住職に呼び止められた。

「早川君、なにか隠し事をしていますね」

「……いや、別に」

『ことぶき』の面々とはそれなりにうまくやっている。連帯責任システムのことを思うとあたりまえに、罪悪感が胸に兆《きざ》した。

「責めているのではありません。もともと『内緒』という言葉は仏教用語の『内証』……

自の内にて証得する、という言葉から来ています。隠し事は、けっして悪いばかりでもないのです」

悟りをひらいたような口調で、住職は言う。

「真理にたどり着く道は誰に決められるものでもない。解は思わぬところから見つかったりもするのです。道を外してみることで繋がる新たな道もございましょう」

悟りを開いて遠くを見つめるようなその顔に、地元茨城の空にそびえる巨大仏像（全高百二十メートル）を思い出した。

一瞬、住職になら話しても悪いことにはならないんじゃないかと思ってしまう。

でも、ダメだよな、と同時に考え直してしまう自分もいるわけで、結局は何も言わず住職に背を向けた。

「なあ、シオンのあれ、本当にほっといていいと思う?」

牛の運動のため、綱を引いて農道を歩いていた。

建物の方を振り仰ぐと、研究棟の窓はぴっちりとしまっている。

「絶対ヤバいよな、あの感じは……顔色とか……」

牛はぶもー、と鳴く。文字通り道草を食い食いの散歩なので、ちっとも進まない。

林の向こうから爆音がした。

まっすぐな道を、ダビちゃんがバイクにまたがって颯爽《さっそう》と走ってくる。

愛車ハーレーが今日もばりばりと絶好調だった。敷地内なのでノーヘルである。

「あらー、地味な男と乳牛。これは素晴らしい絵面《えづら》」

「……なんか用スか?」

イケメン乙女ドクターの目に何とも言えないマニアックな光が宿ったので、一歩後ずさる。

「ねえ、シオン君しらない?」

その名前にギクッとしてしまい、つい表情が固まる。

「あいつが、何か?」

「医務棟の主任に頼まれたの。あの子、値《あたい》ももともと高かったし、最近検査に来ないから心配だって」

「なんか研究棟にこもってるみたいっすよ。論文書いてるとか」

我ながらうまく嘘をついた、と思った。

しかしダビちゃんは、「ふーん」と微妙に納得のいかない顔をして、長い指で髪をいじっている。

「あの」

もしも、症状を隠したらどうなるんですか
とは、聞きたくても聞けなかった。

いやもっと言えば、今度こそバラしてしまいたかった。シオンは発症しているから、助けてください。

「いえ、なんでもないです」

しかし思い出されるのは『誰にも言わないで』と懇願《こんがん》してきたシオンの顔だ。どうしてもその一言は、言えなかった。


夜、シオンのところに夕食を持っていくと、ますますダルそうな顔で出迎えられた。

「大丈夫か?」

「……平気。ゴハンありがとね」

それだけ言って、ドアを閉めてしまう。

俺への影響を心配してのことだと思うけど……あんな顔されるとますます心配になる。

俺は相変わらず、どうしたらいいのか分からずに迷い続けていた。

他人の目を避けての暮らしは、しかしその翌日には大ピンチを迎える。

「おい。こいつ落ちてたぞ」

「！　シオン」

畑にぽいっと投げ出されるのは、シオンの体。抱えて運んできたのは、竜弥だった。よりにもよってこいつにバレたのかよ、と苦々しく思いつつも、とにかく具合を確かめる。ぐったりしているが「ん」と反応があったのでホッとした。

「トイレのそばで柱の陰に倒れてたぞ。お前ら友達なんだろ？　見ててやれよ」

呆れたように肩をすくめる竜弥の表情は、普段とまったく変わらない。

その様子に、いやな予感ともいい予感とも言いがたいものを覚えた。

「……もしかして、気づいてない？」

「あ？　気づくって何にだよ。そいつ風邪《かぜ》だろ。首にネギまいてやれ、ネギ。その辺に腐るほど生えてんだろ」

マジか、と思った。こんなに分かりやすく『ゆうぐれウィルス』の症状が出てるのに、頭で点と点が結びついてないらしい。

バカに見えて実は鋭いキャラとかそういうことはなく、こいつは本物のバカだったみたいだ。

「竜弥、おまえってびっくりするほどバカだな」

「……さすがにそこまで理不尽《りふじん》にケンカ売られると蹴飛ばす気も起きねえわ」

俺の率直すぎる言葉に、逆に毒気を抜かれたようだった。

「まあこの場合は、バカはバカでも助かる方のバカというか」

「？　何言ってんだ」

ますます不思議そうにコキッと首をかしげる竜弥は、そこであるものに気づく。

俺の足下をちょろちょろしている犬だ。

「おーチワワいんじゃん。チワワ。相変わらずあっちこっちで用足してんのかお前」

「ヴヴヴヴヴ」

この前、あれだけ怯えさせたのを忘れているのか、ワシワシとチワワの頭をなでている。

竜弥に嫌な思い出のあるチワワは当然ぎゃんぎゃんに吠《ほ》えているが、まったく意に介さない。

こいつはもしかしたら本当に混じりけのないバカなのかもしれない。

「お、大根だ。貰ってこ」

あげく、畑に並ぶ大根に気づいて、遠慮も何もなく品定めをはじめた。

「おい、それ一応研究資材なんだからやめろよ」

「いいだろ一本くらい。あとで小里に言っとくよ。今日鍋やるんだ。鍋」

「鍋なら食堂の材料使えよ」

「嫌だ。つーか俺さいきん食堂出禁なんだよな。料理酒盗んで飲んだから」

「……昭和のクソオヤジみたいな真似するなよ」

「んだよ。ガタガタ言うとお前の牛も解体して食うぞ」

とかなんとか言いつつ、大根をズボっと引き抜き、土がついたまま持っていく。実際俺もたまには食べているので、あまり強くは言えなかった。何より断ると本当に牛を殺して食われるという、よからぬ確信があった。

「畑から作物盗んで去っていくって……山賊みたいなやつだな……」

野性味あふれる大根泥棒の後ろ姿は、バカすぎてむしろすがすがしいほどだった。


シオンの症状はそれからも一進一退だった。たまにぐったりしつつも、必死で研究をしている。すごくおかしな話だが、人は危機的状況にもある程度は『慣れる』ものだ。研究棟にこっそりと飯を運んだり、職員をごまかしたり。そういうことが、そのうちじわじわと「当たり前」になりかけていた。

だけど俺たちはすっかり忘れていた。

この施設では、月一で全体朝礼があることを。

「……どうすんだよ。あれだけはサボれないぞ」

何かと野放図なこの施設においては数少ない、キッチリと点呼を取る真面目な集会だ。欠席したい場合は、直々《じきじき》に理由を伝えに言って許可を取る必要がある。

「どうもしないよ。気力で出る」

シオンも悪い意味でこの状況に『慣れて』いた。さらっとそんなことを言う。

「一時間近くも立ってられるか？」

「できるよ」

「無理だろ……やっぱり俺、先生呼んでくる」

「大丈夫だって。『どうにかなるよなー。人生何事もー』」

歌うような口調で飛び出したその言葉には、うっすらと覚えがあった。

「前、広樹君が酔っぱらって言ってたんだよ」

痩《や》せて血色の良くない顔で、シオンがにっこりと笑う。何かの取引でもふっかけるみたいに。

「あの時、二日酔いの広樹君を介抱《かいほう》したの僕だからね」

「飲ませたのはお前だろ……」

忘れていた。こいつは決して殊勝《しゅしょう》で一途《いちず》で顔がいいばかりのインテリ男ではない。人使いが荒く、ニコニコとんでもない要求を人に突きつけ……ついでに割と商売っけもあったりする奴だ。

「……分かったよ。お前ってやっぱりシビアな性格してるわ」

「ごめんね。ありがとう」

だけどなんとなく、わかってもいた。形だけでも「取引」みたいな体《てい》にしたのはきっと、あとで俺に「頼まれて仕方なく」という言い訳を与えるためだということも。

運命の全体朝礼の日がやってきた。

月に一回、講堂にびっしりと集められた「入所者」を前に、「鬼軍曹」がメガホンで叫ぶ。

「新入所者も施設の生活に慣れてきたようで何よりだ！　しかし相変わらず風紀が乱れている！　先日は食堂の料理酒が盗まれた！　外から取材におとずれた女性レポーターにとんでもないヤジを飛ばした不届き者もいる！　テレビでピーピーと音声処理されているのを聞いて、職員一同、情けなさに涙したものだ！」

それは確かにアホだと思うが、週末は麻雀《マージャン》ばっかりやってる大人に言われたくはないもんである。

「今日は俺が、アフガンで戦ったときの話をしよう！」

「あー、やばい、この話は長いぞ」

鬼軍曹は教育的講話と称して、自分の戦場での経験談をむちゃくちゃリアルに、微《び》に入《い》り細《さい》を穿《うが》って語る。中には明らかに日本の自衛隊が派遣されてない土地の話が混じっているので、実はこのオッサンは外人部隊か何かにいたのではないかと、最近まことしやかに囁《ささや》かれていた。

心配になってシオンの方をちらりと見た。

しっかりと立って、話を聞いている。

だけどあれは、平たく言ってやせ我慢だ。

「諸君はロケットランチャーが飛んでくるヒュっという音を聞いたことがあるか！　いや、音というのは正しくない。音よりも早く、あれは飛んでくる！」

鬼軍曹のミリタリー小話はいい感じに盛り上がっていた。

「畜生、早く終われよ……」

「早川広樹！　何か言ったか！」

「なんでもないッス！」

地獄耳だ。

「ランチャーが射出された場合に、どう対処したらいいか。迎撃はまず不可能だと思え。遮蔽物《しゃへいぶつ》を探すんだ。一瞬の判断が生死を分ける。塹壕《ざんごう》に入り、頭部を守り、耳をふさいで着弾に備える。そして」

バタッ

それはもちろん、ロケットランチャーがさく裂した音ではない。

シオンのやせ我慢の糸が切れた音だ。

講堂の真ん中あたりで。白衣に包まれた体が、力なく倒れていた。

周囲にどよめきがひろがる。

「……あれって、ウィルスで？」

誰かが発したその一言で、混乱が一気に加速した。

ざっと美しい円を描いて、シオンの周りから人が引く。

誰も助け起こさない。それは当たり前だ。いくら自分も保菌者だからって、発症者が怖くないわけじゃない。

「シオン！」

駆け寄って抱き起こすと、シオンにはまだ意識があった。

「早川君、離れた方がいい！」

どこからか住職の、めずらしく切羽詰《せっぱつ》まったような声が聞こえる。

シオンは切れ切れに言う。

「お願い。研究棟まで連れてって。株分け実験のデータ取り、今日で終わりだから」

「こんな時にも大根かよ！」

でも連れていってやりたかった。ここまで来たらやりたいようにやらせてやりたい。

……目の前にずらりと並ぶ、鬼軍曹の部下たちさえいなかったら。

「早川。小里を離せ」

「いやです」

「それはウィルス症状だろう。一級の隔離体制が必要だ。どけ」

「一日だけ……だめですか」

「だめだ」

取りつくしまがあるわけもなかった。

やっぱり、だめか。そんなにうまくいくはずがないか。

と思った、その時だった。

「おりゃああ！　食堂の出禁解除しろやぁあああああ！」

アホらしいとしか言えない叫び声とともに、とんでもない勢いのドロップキックがぶち込まれたのは。

「……すごい」

息も絶え絶えのシオンが、呆然《ぼうぜん》と声を漏《も》らす。見とれる気持ちは分からないでもない。人間の体のどこにそんなバネがあるのかというほど、打点が高かった。

「大根作りたいっていうなら作らせてやれよ。邪魔すんじゃやねえ」

すちゃりと地面に立ってそんなセリフを吐くのはほかでもない、大根泥棒ことバカの竜弥だった。

「何人でもかかってこいや！」

……そんなにあの大根が気に入ったんだろうか。いや美味いんだけど。シオンの大根。

職員と入所者をばたばたと十人以上もなぎ倒したドロップキックのそのあとは、ただの乱闘だった。

「待てよ、オレは関係ないだろ！」

「借りパクしたＡＶ返せよ！」

「その件かよ！」

いつの間にか関係ない奴どうしまでモメはじめた。

またしてもどこかから住職の、今度は地をなめるような読経の声が聞こえた。なんで読経なんだろう。欲や煩悩《ぼんのう》をはらうためかもしれない。

しかし誰の心頭《しんとう》も滅却《めっきゃく》されることはなく、殴ったり蹴ったりは続いていた。

いつか得た教訓を、俺は再び思い出す。

『狭いところに顔のいい男ばかり閉じ込めても、ロクなことにはならない』

自由に見えてもなんだかんだフラストレーションがたまっていたのか、単にヒャッハーしたいだけなのか、もはや完全に喧嘩祭りの様相だった。

「シオン、今のうちに行こう。研究棟で、さっさとやることとやっちまえ」

「ありがとう、広樹君」

シオンに肩を貸してドサクサでその場を離れようとしたとき。

「いい加減にしろ！」

比喩《ひゆ》ではなく、空気がふるえた。

肌に物理的な振動まで伝わったような気がしてぞわっと首筋が粟立《あわだ》つ。

それは何かと言われれば、鬼軍曹の声だった。

怒声の一つで、千人以上の人間をぴたりと黙らせる。……案外本当に、外人部隊出身かもしれない。

「全員落ち着け！　貴様らタマ無しになりたいのか！　家系を絶たれたいのか！　親が泣くぞ！」

何かの映画の鬼軍曹と似たようなセリフに、何人かがヒッと悲鳴をあげた。

同時にシオンの体が三人がかりで抱き取られる。

「あ……」

それは本当に一瞬の出来事で、抵抗できなかった。あっという間に力の抜けた体が運ばれていく。待てと叫ぶ暇もなかった。

隔離だ。

多分もう、シオンは戻ってこない。

全身から力が抜けて、床に膝《ひざ》をついた。

「あれ……」

その膝がじとっと湿る。

なんだろうと思って見れば、血だった。

真っ赤で生ぬるい血が目を疑うほど大量に、講堂の床を流れていく。誰かがケガをしたんだろうか。本当に戦争映画みたいだ、とぼんやり思った。

のろのろと顔をあげれば、川のようにどくどくと血が流れる『元』になっているのは、

「おい、嘘だろ」

床に倒れた竜弥の体だった。

くっきりとバカみたいに大きくてよく血走っている目が、今はきつく閉じられている。竜弥が弱っている。なんだろう、悪い夢でも見てるみたいに似合わない。目の前の光景がうまく頭で処理できず「いや、いやいやいやいや」とほとんど口にも乗らないようなつぶやきが漏れた。


乱闘の最中、誰かの指輪かブレスレットがまずい位置に当たったらしい。太い血管近くの肉を派手にえぐり取られ、誰が見ても「ヤバイ」と直感するほどの大量出血だった。それでもしばらくは立っていたが、真っ青になって突然にぶっ倒れたと、近くで見ていた奴に聞いた。どれだけ筋肉がカチコチでも、鋭利な金属で切られてしまえば同じだ。失血性のショック症状は、ただちに止血しなければ死に至る。これがまた乱暴すぎてどうかと思うのだが、ダビちゃんが駆けつけて「どきなさい！」の一言で周囲を蹴散らし、傷のある部位を縛り上げ担架《たんか》に固定し、さらにはハーレーのサイドカーに乗せて医務棟まで運んだ。あのバイクは救急車代わりでもあったのか。

医務官が総出で止血のための緊急手術が行われ、それでどうなったのかというと……

「あー、書けねえ。一文字も書けねえ」

バカはバカであるが故《ゆえ》、死にはしなかった。それどころか不死鳥のように復活した。まったくもって、バカをナメてはいけない。

一時は多臓器不全を起こしかけていたらしいが、竜弥の回復は医務官の顎《あご》が外れるほどに早かった。

今は一般病棟にうつり、俺の隣で反省文を書いている。

毎回テンプレを使いまわしていたのがバレたらしく、今回は一から書く羽目に陥《おちい》っていた。

「だからどうして、いちいちベッドを隣にするんだよ……」

毎度毎度のこの配置にはうんざりだった。

しかし個室を用意してくれとも言えない。俺が今頃いるのは、本来なら病室ではなく懲《ちょう》罰房《ばつぼう》のはずだったからだ。ガチの人権侵害スレスレなので竜弥すらいまだ入ったことのない、起きて半畳、寝ても半畳の地下個室。

どうしてそっちを免《まぬか》れて病室にいるのかというと……

「ちっくしょう。おい地味。お前かわりに書けよ」

「は？　それを頼んでいいのはむしろ俺の方だろ。命の恩人だからな」

俺だって安静が必要と言えば必要な身だ。

率直に言って、血液をたっぷりウン百CC抜かれた。通常の献血よりも、かなり多い量である。

「あー！　気色悪いな！　その話をするんじゃねえよ地味！」

今この瞬間も、俺のその血は竜弥の体内を駆け巡っている。いつだったかダビちゃんが言った『運命共同体』というのが、まったく嬉しくない形で実現した形だ。

竜弥の出血がかなりひどかったため、また血液型が希少で血液製剤のストックでは間に合いそうもなかったため。『外』の医療現場では今時絶対にやらない「新鮮血輸血」、とどのつまり俺からの緊急的な輸血をしたらしい。希少希少とは言われつつも、実際に血が役に立ったのは今回が初めてだった。健診は定期的に受けていたから何か心配事があるわけでもなく、そして拒絶反応が出てるとかいうこともないらしく……なんかもう、口では感謝しろとか命の恩人とかいろいろ言ってるけど、内心では本当にひたすら、嫌だ。いや竜弥がどうにかなってほしいわけではないけど、ただの医療行為と分かってはいるけど、とりあえず嫌だ。頼むから、しっくりとこないでほしい。

血を抜かれたのと、ここ数日シオンのことであれこれ悩んでいて疲れたのか、俺もあっさりと体調をくずした。そしてまた医務室の世話になっている。

「人間の血液や細胞が完全に生まれ変わるのには、数カ月から数年かかるのよ。しばらくは同じ血が流れ続けるわね。妬《や》けるわぁ」

「「おえっ」」

いつまのにやら現れたダビちゃんに言われて本気で吐き気を覚えた。まあ気色が悪いのは俺よりむしろ竜弥の方が深刻だとは思うけど。

「「ことぶき」の室長から伝言よ。『早川君の帰りを待っています。元気になったら山に出て滝行でも』ですって」

確かに敷地のはずれに山があるけど、網走の大自然の中を滝に打たれたら寒くて死ぬと思う。

「あなた好かれたわねえ。いっそ弟子入りして、本当に僧侶になったら？　儲《もう》かるわよ寺院経営」

「いやそれは……あ、そういえば、寮室のポイントって下がったんですか」

「それなんだけどね。ペナルティは特にはないみたいよ。あなたに限らず、今回の件では誰にも」

「え？　ない？」

それはあり得ない。あれだけの大騒ぎだ。

「特例中の特例だけどね。その理由はここにあるわ」

ダビちゃんはスマホを取り出し、艶《つや》っぽく笑って言った。

「『彼』からのビデオレター持ってきたの。見る？」

「あ、はい。じゃあ見ます」

訳が分からないながらも、素直に受け取って再生マークを押す。ダビちゃんが今日向かっていたのは……隔離病棟にいるシオンのもとだった。

「お、小里じゃん」

ベッドを越境して図々しく覗《のぞ》き込む竜弥を押しのけるのも面倒だったので、そのまま見せてやった。

画質の悪い映像、滅菌カーテンの向こうで、シオンが穏やかに笑って手を振っている。

本当に隔離病棟の人間になったんだなと思ったら、心がシクッとした。

『広樹君、元気？』

スマホを向けられてでは喋りにくいのか、シオンが照れくさそうに口を開けた。

『見ての通り、その、しばらくはここから出られないんだけど。でも、僕は元気です。竜弥君も元気だって聞きました。えっと……いろいろごめんね』

顔色はそんなにさえないけど、でも確かに、口調や顔つきは元気そうに見えた。

『先生たちにす……っっっっごいお説教されて、いろいろ事情を聴かれて、一時は大変だったけど、しばらくはここで療養しててもいいそうです。あとね。もう一ついいことを聞きました』

そこでシオンがぱっと破顔した。

『すごいんだよ、なんだと思う？』

「……？」

ちょっと勿体《もったい》をつけてから、続ける。

『僕の大根。あれ、どうやら『ゆうぐれウィルス』の特効薬になるみたいです』

「「は？」」

俺と竜弥は、同時にぽかんとした。

『僕と広樹君、それに鍋をしてアレを食べた竜弥君たち。新種の大根を食べた人だけ明らかにウィルス値が下がっていたみたいです』

「マジかよ」

自分の体を見下ろして、竜弥が目を剝《む》く。

『一般入所者に紛《まぎ》れてる施設長がその法則に気づいて、国に報告したそうです』

施設長がスパイよろしく、こっそり目を光らせているというのは本当だったらしい。一体どこにいたんだろう、まったく気づかなかった。

『どんな酵素《こうそ》が効いたのか分からないけど、これはすごく画期的な発見で、症状が落ち着いたら、またぜひ研究をしてほしいと言われました。種分けのコツを知ってるのは、僕だけだから』

「……おいおいおいおいおい」

竜弥が信じられないというようにつぶやく。信じられないのは俺も同じだ。

いくらシオン……東大の農学者が作り出したとはいえ、まさか庭の大根が、イケメンウイルスの特効薬？

『完っっ全に棚ぼただけど、もしウィルス抑制のメカニズムが分かったら、これで昏睡した人たちも救えるかもしれません』

いつかの住職の言葉を思い出した。道を外して見つかる道もある。

『だから広樹君、元気になったらまた、一緒に働こうね』

そしてシオンが笑顔で持ち上げるのは、ずっしりと重たげな紙束である。

『僕が留守の間、畑でしておいてほしいことを紙に書いておきました。地球人類のために、農作業サボらずに頑張ってね』

「うわ……」

こいつは本当に本当に、人使いが荒い。

でも、もしかして、本当に。

助けられたりするんだろうか。

知らない誰かを、俺が。

「信じらんねー……夢じゃないよな」

「思いっきり蹴って確かめてやろうか」

「それは断る」

横から入れられた茶々を切って返した瞬間、ちょっと鼻の奥がツンとした。泣くほどじゃない、泣くほどじゃないけど、でもちょっと泣ける。

「なんだか空気がウェットね」

くすくすと笑いながら、ダビちゃんが窓を開けた。そとから「もー」と牛の声が聞こえる。

「にしても結局、何者なんだろうな。施設長って」

「それは知らない方がいいわ。消されるわ」

竜弥とダビちゃんがそんな会話をしている。と思えば竜弥は、不遠慮に俺の顔を覗き込んだ。

「あ、お前もしかして泣いてんのか。地味が泣いても、地味なだけだぞ」

「うっせーよ」

「あの大根ってすげえんだな。俺、畑のガードマンしてやるよ」

「だからうっせーよ、怪我人」

とりあえず大根。

やっぱり、それでいいのかもしれない。

シオンが帰ってきたら、いや帰ってこない間も土いじりして。それでとりあえず明日からも、どうにかなるかもしれない。

世界は俺がいなくても回るけど。通り過ぎるだけの世界に声をかけたらふっと、振り返ってくれることもあるかもしれない。

泣くほどじゃないはずなのに、やっぱり一滴だけ、涙が出そうな気がした。

幕間 ✸ 宇宙から来た男

東京湾アクアライン、海ほたる。

川崎《かわさき》と木更津《きさらづ》をつなぐ自動車道の真ん中には、かつてパーキングエリアを兼ねた商業施設があった。

現在では改修工事の末、イケメン・ハウスと呼ばれる政府管轄《かんかつ》の施設ができている。

正式名称は「広域特殊疾病《しっぺい》対策本部」だが、誰が呼び出したのかこっちがすっかり定着してしまった。おそらくはホワイトハウスあたりをもじったのだろうが、いわゆる首相官邸とは用途が違う。

内閣に各省庁、赤十字に宇宙局に各自治体、あらゆる組織からあがってくる情報を検討、分析するウィルス対策の中枢《ちゅうすう》基地として機能している。陸から離れた不採算施設をうまく転用したものだ。箱モノを新たに作らなかった点は評価すべきだろう。

重要な施設はほぼ地下、というか海中部分に集中していて、もちろん一級の防疫《ぼうえき》システムに守られている。現在でも週に一回、特別会議室でお歴々が顔つき合わせて対策会議を行う。

その部屋の目の前に、今私は立っている。

最新設備を備えた人工島の最深部、誰であろうと虹彩《こうさい》認証がなければ入れないシークレットエリアだ。しかしそれでいながら、警察の捜査本部さながらのデカデカと墨書きがされた看板がかかっている。この木版、「戒名《かいみよう》」だったか「卒塔婆《そとば》」だったか、そんな隠語があるので縁起《えんぎ》が悪いと思うのだが。

『特殊顔貌《がんぼう》保持者の保護とウィルス対策に関する政府特別会議』

看板は少しばかり古びて黒ずんで見えた。ゆうぐれウィルスが流行してから一年だ。事態はまったく予断を許さないが、保菌者の隔離と各種研究、各国との連携、ウィルス拡散を防ぐ水際《みずぎわ》作戦、経済損失への歯止めと一定の成果は上がっている。情報不足の中を総理官邸で不眠不休の会議が続いていたあの頃から数百日、異例の速さとスムーズさ加減で体制が敷かれたと見るべきだろう。

さて私は今から、この会議に乱入をしようと思う。

乱入と言ってもむろん、武力で押し入るわけではない。全員に話を通したわけではないが、きちんと列席の許可は取っている。

内閣総理大臣は欠席だが、ウィルス対策の主管轄《しゆかんかつ》機関である厚労省の局長クラスが数名、それに航宙戦略担当特任大臣がいることは分かっている。

私の名は志水清隆《しみずきよたか》。三十八歳独身。ちなみに割とイケメンである。

ある「宣言」と「協力要請」をするため、遠路はるばるアメリカから、木更津くんだりまでやってきた。

ガードマンに促されるまま虹彩認証のチェックを受ける。ピッと音がしてスキャンされる毛細血管、カチリとロックの解除される音。ゆっくりと開く大会議室の扉、十対《つい》の目。

何ら憶することはない。

私は宇宙から帰ってきた男なのだから。

第二話

宮古島

God Save the IKEMEN!

夜の十時にシャワーを浴びて部屋に戻る。いつも通りのルーティーンだ。

「だから畑の作物を勝手に盗《と》るなって言ってんだろ！」

「いいだろーが一本くらい！　食堂の出禁《できん》が解けねーんだよ」

「何度も言うけどあの大根は研究資材だからな！　人類の未来がかかってんの！」

自室に続く階段をのぼっていると、うるさく言い争う声が聞こえた。

「またやってる」と誰にでもなく僕は呟《つぶや》く。この騒々しい口喧嘩にはすでに慣れっこだ。

人間の感情にも「手近なやつ」と「手に負いかねるやつ」と二種類あると思うけど。彼らがやり取りしてるのは完全に前者……ごくごく卑近《ひきん》なそれをぽいぽいと投げ合うみたいに、ああだこうだと飽きずにいつもやり合っている。

声の主のうち一人は僕の隣人だ。角部屋だから僕の個室より少し広い構造になっていて、小さなジムが設けてあるらしい。似たようなガラの悪い連中のたまり場になっていて、よくゲラゲラと笑い合う声が壁越しに聞こえてくる。

僕はただ「うるさいな」と思いながら、だいたい部屋で一人、ＤＶＤを見たり本を読んだりしている。用事があれば部屋を訪ねてくる顔見知りもいないわけじゃないけど、長居はさせたことがない。自分の部屋に人が来るというのはなんとなく「ほどよくない」感じがして苦手だ。

廊下では案の定、隣の部屋の住人とその友達（なんだろう、多分）がやかましく怒鳴り合っていた。

「あとお前、こないだ検診サボったろ。ダビちゃん探してたぞ」

「あー忘れてた。まあいいじゃん。元気だし」

「そういう問題じゃねえよ」

本当に元気としか言いようのない、そのマッチョな隣人は何かの格闘技の選手らしい。血の気が多くしょっちゅうトラブルを起こしている。よく食堂から出禁を申し渡されるそうで、部屋で煙を焚《た》いて謎の保存食を作ったりするので僕にとっては迷惑この上ない。

「ねえ、うるさいんだけど、静かにしてくれない？　毎日毎日よくやるよね」

僕は言った。本気でやめてほしいと思ったわけじゃない。ただちょっと、小石でも投げてやりたいような気分になった。何でだかは分からない。その感情が「手近なやつ」なのか「そうでないやつ」なのかも、面倒くさいから考えない。

「うわ……」

マッチョの友達の、ここの住人にしては地味な男がぎょっと目を見開いて言葉を失った。そういえばしっかりと顔を合わせたのは初めてだったなと気づく。だけど別に興味もないので、肩をすくめて部屋に戻った。

後ろ手に閉めた扉の向こうから、話し声が小さく漏れ聞こえてくる。

「何今の、すっげーイケメン……ちょっとビビった。あそこまで顔がいいと、なんか逆に生きづらそうだな。誰あれ」

「知らね。なんか『特級』とか呼ばれてんだろ、すげぇ顔がいいからってことで」

「へー。しかしキッツい性格してんな。あんな顔と性格だったら、一回見たら忘れないと思うんだけど……」

「ああ、あんまり出てこないんだよアイツ。隣に住んでても超レアキャラ」

僕に関する、そうした噂。これも慣れっこだ。別に構わない。『特級』でもなんでも、好きなようにあだ名をつけて好きなように囃けばいい。顔が良すぎて生きづらそう？　そういうこともあるかもね。

「それになんだっけ？　そういやアイツってほら……けっこうなワケアリじゃなかったっけ」

「ふーん？　なんかあんの？」

「いや、誰か喋ってたと思ったんだけど、忘れた」

「そっか、おまえはバカだからな……」

「ああ？　やるかコラ」

そしてまた、隣のマッチョと地味な友人はぎゃんぎゃんとやかましく喧嘩を始めた。

聞いているのもバカらしくなって、僕はベッドにぼすんと寝転がる。

「ワケアリ、ね」

小さく呟いて布団を頭からかぶった。シャワーで温まった体温が、ひんやりとした布地と溶けあう。寝るには早い時間だけど、そのまま目を閉じた。眠気はこない。寝返りを打つたびになんとなく、布のこすれる音が耳についた。

◆

宮古島《みやこじま》
沖縄本島から約三〇〇キロ、小さいけど大きな島！
抜群の透明度、夢のような海はダイビングスポットとしても有名！
機内誌のそんな説明を読むでもなく読んでラックに戻し、眼下に広がる青一色の景色を眺めていた。夢のような海とやらを見ても別に心は躍《おど》らない。むしろ人工物に近いチカチカした青さに、少し怖くなる。誰かが悪意をもってバラまいた毒液ですと言われたほうが、むしろすんなり信じられるような気がした。

「なんか……面倒だな」

呟《つぶや》いて目を閉じる。網走から宮古島。日本を縦断するような移動の真っ最中で、今日から一気に生活が変わるっていうのに、なんとなく他人事みたいだった。と言うより、僕は割といつも他人事みたいに生きている。逆に他人事《ひとごと》なのに僕を追い回す物好きな人間も、嫌と言うほどたくさんいるんだけど。

機内に待機したCAがちろちろと、興味を隠しきれないという様子でこっちを見ている。正直に言って「うるさい」と思った。別に相手は何も言っていないけれど、視線がうるさい。この感覚はきっと分かる人間にしか分からないだろう。

ため息をついて目を閉じた。機体の唸《うな》りとごく微《かす》かな揺れが眠気を連れてくる。

日本最北プリズンの保護区になじめなかったという理由で、今度は南の果てに「飛ばされる」ことになった。きっと移送先の職員には、

『穂ノ村遊馬《ほのむらゆうま》　東京都出身十九歳。生活全般において無気力で協調性に欠ける。不品行ではないが交友範囲内に素行の良くない者が散見され、観察が必要』

とかなんとか書かれた内申書でも行ってるんじゃないだろうか。

つらつらとそんなことを考えながら、ほんの数十分だけ眠ることにした。


飛行機の揺れの中で、夢を見ていた。

小さな自分がどこかで転んで泣いている。いや正確には泣くのをぐっとこらえて、涙をにじませたまま、すりむけた膝《ひざ》をおさえていた。

「思い切り泣いたほうが、楽になりますよ」

すぐ傍《かたわ》らに座り込んだ誰かが、救急箱から消毒薬を取り出しながら言う。

「でも、そしたらカッコわるいよ。みんなも困るし」

「私は困りませんよ。ほら、見せてください」

そっと僕の涙をぬぐい、膝を手当てしてくれる。手慣れていて優しい手つきだったので怖くはなく、じっと黙って耐えていた。

「今度ケガした時は、ちゃんと大声で私を呼んでくださいね。物陰で我慢しちゃだめですよ」

「……」

「約束してください。呼んでくれたらちゃんと、駆けつけますから」

その人はぶっきらぼうな声で言って、傷口にぺたりと絆創膏《ばんそうこう》を貼った。夢なので痛くはない。ポーンと音がして、飛行機の到着が近いことを知らせる。うたた寝から目覚める少しの間だけ、小さな僕と今の僕の意識が混ざり合ったようになった。

ああ、そんなこともあったたな。あの人優しかったたな。うすぼけた意識の中で窓の外を見やると、目もくらむような青い海にぽつんと、白い砂浜で縁取《ふちど》られた赤っぽい色の島が見えた。

僕の「移送」はつつがなく済んだ。

宮古島の東側。低木や緑の濃い草むら、それにサトウキビ畑やぽつぽつと点在する赤瓦《あかがわら》の民家。そんなものだけが並ぶだだっ広い野っ原に、プリズンは突然現れる。

観光名所と場所を離してあるのは、近くにあるのに行けないという切なさを紛《まぎ》らわせるせめてもの配慮なのかもしれない。とくに感動もなく、ピッという音とともに開いたゲートをくぐる。建物は新築なのかずいぶん新しく、中央棟《とう》はレセプションホールで寮棟はリゾートホテルと言われても信じられそうなほど綺麗だった。まだ一部は工事中のようで、島バナナの植えられた道を、建材を積んだトラックが走り抜けていく。暑さは想像したほどじゃない。汗がだらだら噴き出すわけでもないし……いや、やっぱり普通に暑い。

そしてやっぱりゆるキャラがいた。というか圧倒的にユルみの足りないキャラだった。リアル頭身の警察官の人形で、夜中に見たらびっくりしそうだ。

荷物はすでに送ってあるし、さっさと手続きを終えて部屋に通してもらおう、そう思っていると、声がした。

「長旅お疲れ様。到着、待ってたよ」

一人の男性がまっすぐに僕に近づき、笑顔を向ける。イケメンではないから、おそらくは職員だろうと察しがついた。網走の時、関係者がずらっと並んでの「出迎え」が面倒だったから、今回はやめてほしいと言っておいたのに。

「……穂ノ村遊馬君だよね？」

その人はじっと僕を見ている。年齢は四十くらいだろうか。表情の読み取りづらい眠たそうな目をして体格は中肉中背、けっしてたるんでいるというわけでもないのにうっすらと輪郭《りんかく》がぼやけて見えるような、妙な影の薄さがあった。

「あなた誰ですか？」

「僕は江謝《えじゃ》といいます。君の専従講師を務める者です」

自己紹介をしながら変わった名前のＩＤカードを見せしっかりと笑った。「しっかりと笑う」っておかしな気がするけど、でも実際、僕の目にはそう見えた。

「専従講師?」

聞き慣れない響きに、僕は片眉をあげる。

「そう。未成年の、特に性格が難しい子には専任で世話役がつくんだ」

「ふーん。世話役……」

いつの間にやら面倒なシステムが出来ていたようだ。確かに網走にも、何が気に入らないのか突然部屋に引きこもったり食堂から盗みを働いたり面倒を起こす奴はいた。大抵は友達や寮の年長者のフォローでどうにかしてるみたいだったけど。個室住まいで友達もいない僕にはそれも期待できないから、ってことだろうか。

「疲れてない? 北の果てから南の果てまで、君も大変だね」

たらいまわしにされた問題児を押し付けられて大変なのはそっちじゃないのか、と皮肉が出そうになるけど、それをひとまずは飲み込んだ。

別にこの人が気に入ったわけじゃない。

ただ「難しい子を世話するのが仕事だ」と僕自身にはっきり伝えてきたことには、無神経に怒るよりも妙な正直さを感じた。そういうところできれいごとを言う人間は、苦手だ。

僕はいろいろとワケアリで性格のひねくれた面倒な入所者で、だから結果としてお目付け役がついた。そういうシンプルな事実は隠さないでくれたほうが、むしろいい。

「部屋の方に案内しようか？　四階なんだけどちゃんとエレベーターついてるからね、安心して」

「そうですね。お願いします」

あえてキッチリと敬語で僕は言った。

ため口でいいよーとか、そういう安直な言葉で距離を縮めてくるということもなく、相手はただ笑っている。ああ、この人は案外と面倒くさい人間かもしれないなと、その笑みを見て思った。


案内された部屋は綺麗でよそよそしい、ホテルのような内装だった。ご丁寧《ていねい》にも壁紙やシーツにさりげなく、南国の花模様があしらってある。ちゃんとエアコンもついてるけど、水回りはやっぱり共用らしくトイレもシャワーもない。小さめの窓から見えるのはただくっきりした青空と濃い緑の草原、遠くの集落だけだ。立地の問題で海は見えない。

本来なら個室を貰《もら》えるのは、特別に才気がある入所者だけの特権なんだけど、僕の場合は単に「特殊性」という一点で認められている。この場合の「特殊性」は別に性格だけが理由じゃない。

「さすがに北海道ほど広くはないと思うけど。ルームキーを渡すから、あとで一階の事務室で入居届を書いてね。先に食事にしたいなら一階のレストランが使えるから……ああ、施設のことはむしろ僕より遊馬君の方が詳しいか」

「専従講師って、四六時中ついてくるんですか?」

カバンを下ろしながらたずねた。

「そうだね。さすがに合鍵《あいかぎ》作ったりはしないけど、多分君にとっては四六時中と感じられる程度には行動を共にさせてもらうかな。これもルールだから許してほしい」

「オレが嫌がったらどうなりますか?」

「僕が失業するね」

「じゃあしてください」

「困るなぁ」

憎たらしい口をきいても、やっぱり飄々《ひょうひょう》と笑っている。表情は豊かなほうなのに。なぜか表面だけ溶けだした氷像とか、厚塗りしすぎた油絵とか。そういうものを想像する。

なんとなくこの人は、夜は死んだような顔で眠るのではないかと思った。

宮古島プリズンの夜は、予想に反して静かだった。もっと南国ノリで歌ったり騒いだりするのかと思ったけど、ごくごくまっとうに夜の静けさというやつが訪れている。

生乾きの髪をタオルでおさえて廊下を歩いていた。シャワールームの使用は十一時までという決まりだけど、こまごましたルールはやっぱり形骸化《けいがいか》しているようで、日付が変わるころになっても何人か利用者がいた。

「……？」

通りかかった部屋からケラケラと笑い声がした。思わず足を止める。

深く考えずガチャリと扉を開けた瞬間、ぴたりと会話の声がやむ。室内の視線が全部僕に突き刺さった。

十メートル四方くらいの広くも狭くもない部屋、真ん中に灰皿を兼ねた大きな排煙装置がある。ようするにここは、喫煙所のようだ。僕はあと二カ月で二十歳《はたち》になるけど喫煙者じゃないから用はなさそうだ。

帰ろうとしたら、呼び止められた。ご丁寧に肩まで摑んで。

「そんなすぐ帰んなくてもいいじゃん。今日入ったヤツっしょ」

「すごい顔のいい新人が来たって、噂《うわさ》になってたよ。しかもなんかワケアリだってさ」

「個室もってんでしょ？　何してる人？　センセーがやたら気ィはってるけどヤクザの息子とか？」

「バッカやめろよ、失礼だろー。泣いちゃうじゃん」

失礼は分かっているけどそっちのほうが面白いからやってます、という悪びれない態度で四人、好き勝手なことを言う。

僕が小さく息をつく、そのわずかな時間で一人が気づき、そして呟いた。

「なあ俺、この顔ネットで見たことある。こいつ、もしかして、アレじゃないのか……」

ネットで見た。何気なく発せられたその一言に、諦《あきら》め交じりで乾いた、だけど確かな苛《いら》立《だ》ちを覚えた。僕は芸能人でもスポーツ選手でもなんでもなく、今のところは一般人だ。

つまりこいつがネットで見たのは、誰かの手による盗撮ということになる。

「ああ……知ってる？　オレの名前、穂ノ村遊馬って言うんだけど」

この調子なら隠してもすぐにバレるだろう。だから自分から、教えてやることにした。

ホノムラ。そのたった四文字の響きに、室内がザワつく。

この国に暮らす人間にとっては耳慣れた企業名だ。家電にも自動車にも、なんなら石油タンカーにもガスタンクにも、「HONOMURA」のロゴと燃え盛る「火の群《ほのむら》」のエンブレムがついている。直接ホノムラを名乗ってはいないグループ企業もふくめれば、従業員をかき集めただけで政令指定都市の人口くらいにはなるだろう。

「ホノムラ……え、じゃああの……お偉いさんの隠し子？」

ホノムラ・グループの中核、ホノムラ商事現会長の実子。移送されたり世話役がついたり個室を与えられたり。僕につきまとう「ワケアリ」の「ワケ」の部分はこういう事情だった。

「残念。隠し子じゃないんだよねオレ。もともと認知はされてるし、今はちゃんと父親の籍にも入ってるから」

目をすがめて言ってやると、相手がぐっとひるむのが手に取るように分かった。

「知らない？　オレの親父、昔若い奥さん立て続けに二人も貰ったのに、どっちとの間にも子供ができなくてさあ。だからオレ非嫡出子《ひちゃくしゅつし》だったのに、後継候補として父親んとこに戻されたんだよね。大人は勝手だな」

この話はネットにも週刊誌にも書き立てられて割と広く知られているし、まぎれもない事実だ。僕は現段階では、ホノムラの会長の血を継ぐただ一人の子供。……まあ父親との関係は悪いんだけど。

相手が怖気《おじけ》づくのが、さらにはっきりと分かる。

僕の顔立ちや雰囲気、とくに凄《すご》んだ時の目つきは父にとても似ているらしい。財界の最高指導者と言われた曾祖父《そうそふ》や、もっといえば明治の海運王である創業者にも。

しんと沈黙がおりて、我に返った。

マズったな、と心の底で思う。

ムキになってる。どうかしてる。そう自覚した瞬間にどっと疲れた。

「マジかマジかー。ちょっとこっちおいでよ、話聞かせて」

底抜けに明るい声とともに、割り込んできた誰かにぐいっと腕を取られた。

部屋の端の壁際《かべぎわ》に無理やり腰を下ろされる。

「なに、マジでホノムラの御曹司《おんぞうし》？　すげーじゃん。俺、藤倉克己《ふじくらかつみ》。仲良くしてよ」

隣に座り込んでグイグイと話しかけてくるのは、女の子でもないのに髪をハーフアップにして頭頂部に団子をつくった男だった。大きなヘッドホンを首から下げている。慣れ慣れしいが、慣れ慣れしさの理由がわかりやすいから別に嫌ではなかった。有名人の知り合いを増やしたくて近づいてくる連中とまったく同じ目つきをしているから、対処の仕方が分かりやすい。

周囲の人間が、うまいこと場が収まったとばかりホッと息をついて、また散っていく。だらだらと好き勝手に喋ったり、平日だというのにこっそり酒を飲んだり。今時喫煙者なんて大した人数はいなくて、どちらかというとここは、ただのたまり場のようだった。

「なんか聞く？　っても、たいした音源ないんだけどさ」

ワイヤレススピーカーのスイッチを入れようとするので「いいよ、うるさいから」と言って止めた。

「しっかし、綺麗な顔だなあ。噂になってたのも分かるっつか」

「噂？」

「そうそう。網走から特級のイケメンがくるって」

またそれか、と思って肩をすくめた。

「この顔、嫌いなんだよねオレ」

「へ？　なんで？」

「いやフツーは無理ってならない？　目立ちたくない場面でも目立つし、顔が良くなきゃこんなとこにも叩き込まれなかったわけで」

それに僕の顔が父や曾祖父に瓜《うり》二つでなければ、諸々《もろもろ》ややこしいことにもならなかったはずだ。

「まあそうだけどさー。ていうか顔がいいってハッキリ言うね」

「数字で示されちゃったんだからしかたないじゃん」

キンと澄んだ音がして、誰かの煙草にようやく火がつけられる。細い煙は高く上ることを許されずにあっさりと排煙装置の中に消える。ゴーという小さな音とともに、中身のない会話も一緒に吸い込まれていく。

なんとなくまだ視線は感じるけど、ほんの数十分、とりとめもなく話してもいいかという気分になった。夜じゅう一人っていうのも微妙に性に合わない。それだけだ。寂《さび》しいのとは違う。

喫煙室で藤倉と少し喋って部屋に戻り、明け方、眠れなくて手紙を書いた。メールじゃない。パルプを原料とする紙に書いて封をして切手を貼って送る、原始的な「お手紙」だ。自分でも笑いそうになる。笑いそうになるけど……僕は十年、古い知り合いと「文通」をしている。


『今地《いまち》さんへ。

こんにちは。久しぶり。元気?

返事がおくれてごめん。このあいだも書いた通り、網走から宮古島に移送になりました。網走は刑務所みたいだったのに、こっちはリゾートホテルみたいにキレイ。別に変わらずやってくつもりです。

新しい保護区では、前はいなかった世話役がついた。専従講師って言うんだって。なんかニコニコしててつかみどころがないっていうか……悪い人じゃなさそうなんだけど、僕は苦手かもしれない。でも苦手くらいでいちいち駄々こねるほど子供じゃないから、適当にやってく。

ここにも、ホノムラの家のこと知ってるやつがいたよ。

当たり前か。有名人だもんね僕。

なんだかな、って思う。

イケメンしかいない保護区に来たら少しは目立たずに済むようになるかなって思ったのに、僕のこと知ってるやつって本当にどこにでもいるんだね。

とりあえず僕は元気でやってます。小豆島《しょうどしま》はどうですか？』


人前では「オレ」で通している自分が、紙にペンを走らせている間は「僕」になる。子供の頃の知り合いなので、なんとなくそれが自然だった。実際に会った回数も大したことはないし、九歳のある日を最後に一度も会ってない、ついでに言うなら今も、すごく会いたいかと言われればそういうわけじゃない。それでも僕の取り巻きの中では数少ない、鬱《うっ》陶《とう》しくない大人だった。

今地さんが何者か一言であらわすなら「父親の元秘書」ということになる。

もともと非嫡出子だった僕は母親のもとで育ち、父親とは月に二度ほど面会していた。

小学校に上がるまでは母親同伴で、そのあとは一人で。そのとき父親について一緒に来ていたのが彼だ。

網走にいた頃も月に二通くらいとりとめもなく、寒いとか隣の部屋のマッチョがうるさいとかそういう近況を書いて送っていた。たまにちょっとした愚痴や弱気を吐きだすこともある。相手もイケメン・ウィルスの感染者で、瀬戸内《せとうち》にあるプリズンに入所していた。施設のことを外に漏らすのはあまり推奨《すいしょう》されない行動だけど、手紙は同封物さえなければ中身を改められることもなく、意外に「抜け道」らしかった。肉筆で書かれたものを検閲《けんえつ》しスミを入れるというのはやはり良心が咎《とが》めるのだろうか。

夜が明ける頃、手紙に封をしてカーテンをそっと開けてみた。赤っぽい土と濃い緑がまじりあう光景が目に入り「本当に何もないな」とそれだけ思って、ベッドにもぐりこんだ。

移送に関する諸々の手続きは翌日にはすべて片付いた。専従講師というのは本当に生活のすべてを面倒みる役目のようで、細かな書類作りも案内も申請も、ほとんど何もかも江謝さんが取り次いだ。手紙だけは見られないようにこっそりとロビーのポストに投函《とうかん》したけど、はっきり言ってこういうの、落ち着かない。

入所三日目の今日は「面談」をしていた。

「どう、体調くずしてない？　北海道との寒暖差ってやつ、こたえてない？」

「別に平気です」

「よかった。ちなみに宮古って島だから、海風のせいか夜や冬は意外に気温が上がらないんだって。まあそれでも十分暑いけどね」

「大丈夫です。見た目よりは丈夫なので」

「それは良かった、明日からどう過ごしていこうかとか、考えてる？」

「……さあ」

「網走では何をしてたんだっけ」

「特に何もしてません……ていうか、調査書とか内申書みたいなの行ってませんか」

作業を手伝えだのなんだの言われるのも嫌だったので、あっちではほとんどの時間、部屋にいた。一人で好きなように過ごして、こっちでいう藤倉みたいな、ちょっと崩れた連中とたまにつるむくらいがちょうどよかった。

「一応もらってる。でもざっくりした身上書みたいなものだからね。ここは肌に合いそう？」

「別に変わらないです」

どこにいても悪目立ちをすることには変わらないし、そもそもここからは出られないんだから、たとえ肌に合わなくたって同じことだ。

「専従講師ってどういう役職なんですか?」

「一応、心理学や教育学の心得がある人間が配属されてるんだよ。帰国子女なんかのサポートを主に行っていてね」

「ふーん」

「これでも一応スクールカウンセラーとしては評判いいんだよ」

「そうですか。意外です」

「……ひどいなあ。君、僕をはじめて見てどう思った?」

「正直に言っていいですか」

「かまわないよ」

「死んでるみたいな人だと思いました」

瞬間、江謝さんの唇の端が小さくピクついた。失礼さ加減に怒ったというよりは図星を指されたような顔にも見えた。

「……鋭いな」

「するどい?」

「いや、なんでもないよ。それにしても想像した以上にひどい第一印象だな。まあ確かに顔はいい方じゃないけど」

「すみません。言い過ぎました」

「いいよ。しかしなかなか、担当しがいのありそうな子だ」

その鷹揚《おうよう》な笑みに、なんとなく気が滅入《めい》った。

「オレをどうすれば、あなたは満足するんですか。どうなってほしいとか希望があったら聞きますけど」

あまり生活に立ち入ってほしくなかったし、わざわざ反抗して「ブラック生徒」になる気もない。お望み通りのいい子にさっさとなるからあまり構わないでくれ、という気持ちだった。

「別に何もないよ。ただ日々を穏やかにできるだけ快適に過ごしてほしい。それで、イケメン・パニックが収束した時に少しでも得るものというか、生きやすくなっててくれれば」

「そういうんじゃなくて、何をすればいいのか具体的に知りたいんですけど。資格でも取れってことですか?」

「いや、実はこれといってプログラムが決まってるとか、そういうわけじゃないんだよ。友達スタンプラリーでもやる?　知り合った入所者にハンコおしてもらうの。百人くらいすぐにできるかも」

「絶対に嫌です」

本気でぞっとして、力強く拒否をした。

「そっか。いや冗談だよ、ごめんね。じゃあ……しばらくはこうして、一日に二十分ほど面談をしよう。それだけでいい」

江謝さんは手元の紙に、きたない字で「面談」と書いた。

それで付きまとわれないならかえってラッキーかもしれない……けど、面談って書いて字のごとく、面と向かって語ることだ。はっきり言って厄介《やっかい》な気がした。


「友達ラリー？　あっはは、なんだよそれ、大変だね」

面談の内容を話すと、藤倉は同情気味に軽く笑った。

少し迷ったけど、結局今日もシャワーのついでに喫煙室に来ている。昨夜絡《から》んできた連中はへらっとして「昨日ごめんね」と言ってきた。怒りを引きずるのもバカバカしいので「ん」とだけ返した。

「聞く？　昨日ついた新しいＣＤ」

藤倉はしつこく音楽をすすめる。聞けば福岡でクラブＤＪをやっていたそうだ。確かによく聞くと、言葉のはしばしに西のほうのイントネーションがある。

「いい。音楽、嫌いなんだよね」

「変わってんね。ボンボンならピアノとかバイオリンやってるもんなんじゃないの？」

「やってたけど。『やってた』と『嫌い』って、別に矛盾《むじゅん》しないと思うよ」

「うわ、理屈っぽい。昼間ぜんぜん顔見ないけど部屋で何してんの？」

「寝てる」

別にあれこれ話すこともないかと思って、それだけ答えた。

「ふーん。まあいいや。たまには俺のこともかまってよ。慣れればここも結構、楽しいからさぁ。まあ東京プリズンほどじゃないけど」

「東京にいたことあるんだ？」

「ない。いつも『異動願』出してるのに通らないんだよねー。あっちは有名人もいっぱいいてネットも使い放題で楽しいって聞くんだけどなーああ、行ってみたい。俺にもコネか、すごい特技があればいいのに」

まるで恋焦《こいこ》がれるような顔で藤倉が言う。首都圏にも一応プリズンはあって、著名人とか議員とか、東京に影響力の強い人間ばかり集めた「特区」みたいな場所も存在するらしい。

「てか遊馬、希望出せば東京プリズン入れたんじゃないの？　なんでわざわざ網走から宮古なわけ？」

「めんどくさいから逆に『東京以外』で希望出してる。嫌なんだよね。知り合いに会うの」

「マジかよ。勿体《もったい》ねー。俺もう女もいない生活わりと飽き飽きなんだけど、なんでそんな淡々としてんの？」

「いや、別に……」

「あ、もしかして外に誰かいる？　彼女とか……ボンボンだから許嫁《いいなずけ》とかいたりして」

「いないよ。女の子とちゃんと付き合ったこと、ないし」

「ひぇ。ちゃんとしてない付き合いばっかってことかよ。すっげぇな」

何かとんでもない誤解をされたような気がするけど、いちいち訂正するのも面倒なので流しておいた。

「知ってる？　ココってさ。たまに逃げちゃうやつもいるんだよね。海が見たいとか彼女に会いたいとか、ダイビング客の女ナンパしたいとか言ってさ」

「そんなことできる？　表門、ロックかかってるよね」

「逆にそれがアナなんだってさ。新築だからセキュリティが完全電子化されてるじゃん？キーとコードがなきゃどんな怪力でもぜったい開かないから。だから意外と油断しがちっていうか」

「でも大騒ぎになるよね？　国が定めた制度への反抗ってやつだし」

「もちろんなるよ。やらかした奴は最高レベルの懲罰くらってどっかに飛ばされるって噂。まあでも、脱走騒ぎがあるとちょっとガードマンとか立ててるけど、ほとぼりが冷めたらまた元通りって感じ」

「……すごいね」

鬼軍曹《おにぐんそう》が幅を利《き》かせていた網走では考えられない。

何より、わざわざ逃げ出してまで会いたい人ややりたいことがあるというのが、僕にはどうしてもピンとこなかった。


一週間後、今地さんからの手紙が来た。事務室で受け取って読む場所を探すみたいにウロウロして、なんとなく音楽室に来た。

音楽は嫌いだ。だけど僕は昔ピアノを「やってた」。音楽室があると聞けばどんな設備があるのかは多少、気になる。藤倉にも言ったけどそこは別に矛盾しないと思う。

ヤマハのアップライトピアノが一台、棚に収まった金管楽器やギターのケースがいくつか、あとは三線《さんしん》やら島太鼓やらの沖縄らしい楽器がいくつかあるだけだ。高校の音楽室とも大差ない。

黒々と艶《つや》やかに光るはずのピアノは、誰も弾かないのかすっかりホコリをかぶっていた。なんとなくかわいそうになったが、くるりと背を向けて触れずにおいた。おそらく調律もろくにされていないだろうし弾いても苛立ちが募《つの》るだけだ。それに何より、ブランクが長い。音楽は嫌いだ。上手にできないから。


『坊ちゃんへ。


お久しぶりです。手紙、ありがとうございます。

新しい保護区、どうですか？　焦《あせ》ることはないのでゆっくりと慣れてください。宮古島って確か、ウミガメがいるんですよね。

食事はちゃんととっていますか？

坊ちゃんは環境が変わると寝たり食べたり、あまり普段どおりにできないタイプでしょう。心配です。

それにしても世話役ですか。苦手なら無理に合わせることはないですよ。言いたいことがあったら言えばいいし、なければ黙っていればいいと思います。』

今地さんの手紙にはいつも、少し縦に長いけど整った、丁寧な字が控えめに並んでいる。そして彼は僕のことを『坊ちゃん』と、やや時代がかった言葉遣いで呼ぶ。子供の頃からずっとそうだ。

当時、まだホノムラ関連企業の一社長に過ぎなかった父は、小さな子供の扱いなどまったく得意ではなかった。それが自分の婚外子とくればなおのことだ。それで、面会時には秘書の今地さんを伴った。今地さんも同様に子供の相手などしたことはなかったのだろう、坊ちゃん、アイス食べますか。坊ちゃん、寒くないですか。坊ちゃん、どこに行きますか。世話の焼き方がひたすら疑問形でとにかく不器用だった。一切の無駄をそぎ落としたような端正な顔はいつも仏頂面《ぶっちょうづら》で、最初は怖かった。ただ、知ってしまえばごく自然に、やさしい人だった。

子供の方がこういうことに聡《さと》いとはよく言うけど、実際僕は見た目ほど怖くない今地さんにすぐ懐《なつ》いた。彼に会えるからという理由で面会を嫌がらなかったし、学校のことやピアノのレッスンの進度なんかを彼に話すついでで父の耳に入れた。

さすが社長と、皮肉で言っておくべきだろう。ひとの上に立つ人間というのは、何かこう、後からしてみればすべてがうまくいったと言えてしまうような采配をするものだ。正妻に子ができなくても僕というスペアを作っておいたりとか、そういう意味でも。父には何かの力が味方をしていると思うことがよくある。

『坊ちゃん、私は最近、プリズンで時間を持て余すことが多いです。すっかりここの暮らしにも慣れてしまった。まだ三十代なのに、俳句とか書道とか、何か趣味でも始めようかと思い始めてしまいました。しばらく車も運転していないし、なんだか急にインドア派になった気がします。

運転といえば、昔、社用車で東京湾アクアラインを渡ったのを覚えてますか？　お父さんが仕事で来れなくて、なぜだか二人きりで海ほたるに行きました。『仕事がきついんだよ』って冗談で愚痴ったら『やめちゃえばいいよ。それで、毎日僕のところに遊びに来なよ。ピアノ教えてあげる』って坊ちゃんに言われて、なんだかすごく嬉しかった記憶があります。今はあそこにも政府の施設があるんですよね。

まあそんなことを思い出しつつも、変わらずにやっています。
また手紙をください。暑いだろうけど冷たい物を飲み過ぎないよう気をつけて。では』

仙人みたいな内容が、彼らしいと思った。見上げるような長身を折りたたんで正座で書道にいそしむ姿を想像すると、窮屈《きゅうくつ》そうだな、とか思ってしまう。同時に、句だろうが書だろうが今地さんはソツなくこなすんだろうな、とも。

父とは大して関係がよくなく、あまり大人の男性と関《かか》わる経験のない僕は、車の運転か釣りとかバッティングとか、もろもろ上手な彼にとても憧《あこが》れた。左利きで血液型がＡＢ型で、そういうのもちょっとレアでかっこいいと思ったし、食事に行けば注文から取り分けから出過ぎず完璧なタイミングでやってくれる。きっと仕事のできる人だったんだと思う。僕が九歳の時に、今地さんは体調を崩して父の秘書をやめた。その後は療養しながらできる範囲で仕事をしているというけれど、きっとどこに行っても重宝されているにちがいない。

やることもないので、そのまま手持ちの紙に返事を書くことにした。

『今地さんへ
たびたび手紙書いてごめん。暇《ひま》で。返事は急がなくていいから。

僕のこと、心配してくれてありがとう。とりあえずは普通にやってるよ。何か拍子《ひょうし》抜けするくらい。生活する場所が変わっても、同じだね。食堂でやたらとマンゴーと海ぶどうが出るからちょっと飽きた。これも地産地消ってやつなのかな。

今、ふらっと音楽室に来てこれ書いてる。ここピアノがあるんだ。と言っても、もう弾く気にはなれないんだけど。やめてずいぶん経《た》つし。

今日はこのあと、母さんに電話する約束になってる。正直、何話していいか分からない』

そこまで書いた時、腕時計のアラームが三時十分前を知らせた。

電話の取り次ぎは基本的に認められていなくて、外の人間と通話がしたい場合は前もって予約しておく必要がある。母親との約束の時間だ。首を軽く振って立ち上がり、電話室に向かうことにした。


「もしもし？　ユウちゃん？」

電話口の母親の声は、おっとりとして年齢のわりに高い。

「あー……うん」

「良かった。元気そうね。ちゃんと検査を受けてる？　そっちはどう？」

「どうもこうもない。いつもと同じだよ。どこに行っても大して変わらない」

「またあなたはそんなこと言って……施設が変わったんだからいつもと同じってこと、ないでしょ」

「変わんないよ。日本でもアメリカでも、網走でも宮古島でも。だいじょうぶ、それなりに楽しいから」

「もう……」

心持ち強めに言うと、母からは困ったように言葉が引っ込められる。

僕が生まれた二十年前も、きっとこんな感じで、父に口説かれても困ったように笑って、そして流れに身を任せていたのだろう。東京の音大生だった母は、学費を捻出《ねんしゅつ》するためにホテルのラウンジでピアノを演奏するアルバイトをしていた。会食か何かに来た父に気に入られ、そして大学をやめて僕を産んだ。認知はされたけれど母の実家はごく普通の中小サラリーマン家庭で、家柄の違いを理由に籍を入れることは許されなかった。

「ユウちゃん、面会とか行けないの？　もうあなたの顔、二年も見てない」

「いいって。みんなしてないんだからそんなの」

僕と母が一緒に暮らしたのは十歳までだ。小学五年に上がるかという頃、子供のいない父親が僕のことを籍に入れたいと言いだし、母親がそれを飲んだ。相手はホノムラの本家だ、ノーとは言えなかっただろうなと思う。月に数回面会をするだけだった父と、それから二年だけ一緒に暮らした。

松濤《しょうとう》の邸宅は広すぎたし、入れ替わり立ち替わり訪れる大人に愛想よくできるはずもない。地元の友達も完全に気後《きおく》れして連絡をくれなくなった上、幼稚園から付属で育ってる同級生の輪には入りづらい。今地さんはすでに秘書をやめていて、それもつまらなかった。父親とは事務的に会話するだけで、歩み寄る気も反抗する気も起きない。嫌いとも怖いとも違う。ただ、どう接していいか分からないし、決して大好きにはならない種類の人間だと思っていた。

幸い勉強にはついていけて英語も得意だったので、中高は海外に出たいと自分から申し出た。どうしても、誰も自分を知らない場所に行きたかったからだ。

「本当に、まさかこんな病気が流行《はや》るなんて。こんなことなら、ユウちゃんがアメリカに行くのも帰ってくるのも止めれば良かったわ、それに十歳の時も……」

「もう、やめてくれない？　言ってもしかたないだろそんなこと」

十年前、抵抗しつつも母が親権を放棄したのは、僕の幸せのためだ。それは分かっている。母のことを、したたかだの子供を捨てただの陰で悪く言う人間もいたけど、僕は母が、特には嫌いじゃない。僕だってアメリカに行って母から離れたんだしお互い様だ。手放したり手放されたり、親子って案外とそんなものだと思う。一緒に住まなければ鬱陶しいこともない。おばあちゃんによろしくとだけ言って電話を切った。

面談は主に夕方に行う。日が沈みかけた談話室で、今日も僕たちは向かい合っていた。

「綺麗な夕暮れだ。アコークローだね」

「なんですかそれ」

「明るい、とくらい、をくっつけてアコークロー。沖縄地方の方言なんだって。明と暗がまじりあうような、日が完全に沈む前のうっすらした暗闇のこと。図書室の郷土資料を読んだら書いてあったんだよ」

「へえ」

面談というよりは雑談のようなもので、特に盛り上がることもない、何かに踏み込むわけでもない。ただの会話だ。最初は雑談で気をほぐして、みたいな意図でもあるのかと思ったけど、本当に一歩たりとも、頑《かたく》なにすら思えるほど雑談の域から出ない。宮古島には地下ダムがあるって知ってる？　とか、施設の工事がぜんぜん進んでないよねとか、どうでもいいことをつらつらと喋っている。

「先生、いいかげん何か前に進めたらどうですか」

「おっ、友達スタンプラリーやる気になった？」

「違います。毎日こうして特に楽しくもないのに話さなきゃいけないのって、地味に苦痛なんですけど」

楽しくないということをはっきり伝えても、相手の表情は変わらなかった。

「そうだなあ。自分史でも書いてみる？　ベタだけど、自分を見つめる的な意味で」

本当にベタだな、と呆れて肩をすくめながら僕は口を開いた。

「ホノムラ商事現会長の婚外子として生まれマスコミに追われつつ母親のもとで暮らし、十歳かそこらで父親の一存で無理やりに親権を移動させられ、二年で音《ね》を上げて中高はアメリカに脱出、帰国してすぐにイケメン収容所にぶち込まれました」

まさに自分史でも書くようなつもりで、淡々と語ってやった。言葉にすればたったの数百字足らずだ。あっけないんだよな、と思う。

「……なかなか波乱万丈だね」

「別に波乱万丈じゃないです。普通にしてればやり過ごせる程度のことばかりだから」

「……ふーん、まあ当人にすればそんなものなのかな。アメリカはどうだった？　楽しかった？」

「一応」

　これは事実だった。イリノイ州の外れにある寄宿学校は、ほどよく金持ちで個人主義の人間が多かったし、顔立ちがくっきりして体格もいい西洋人に交じれば僕の容姿も多少目立たなくなった。別に毎日はしゃいでいた訳ではなくても、確かに伸び伸びとできた気はする。父に言われて卒業後は日本に戻ったわけだけど。

「お母さんは心配してない？　連絡は取ってるの？」

「別に……普通に電話とかしてます。関係は悪くないです」

「そうか。お母さんのことは好きなんだね」

「好きとか気持ち悪いんですけど……でも、それなりに苦労人ですから。今だって働いてるみたいだし」

　半ば無理やりに父から生活費が振り込まれているようだけど、それにはほとんど手を付けていないと聞く。祖父はすでに亡く「女二人は気楽よ」と言いながら祖母と細々と暮らしている。一緒に暮らした十年、男の影もまったくなかった。

「君はなんていうか……色々とずいぶん、達観してるね」

「別に……十九歳くらいってこんなものじゃないですか？」

「そうかなぁ。もっと子供っぽい子の方が多いと思うけど。そうだ、遊馬君ピアノは？自分史には書かないの？」

突然出てきたピアノという単語に、眉間《みけん》に浅くしわが寄るのが、自分でもわかった。

「先生、そんなことまで知ってるんですか」

「いや、ピテーナコンクールでジュニア三位だろう？　普通に身上書には載《の》るレベルだよ」

「……子供のころの習い事まで、わざわざ書いてあるんですね」

確かに僕は、母の奨《すす》めでピアノを習っていた。それなり程度には上達し、五歳か六歳のころには町の先生ではなく、芸大卒の先生を紹介された。一位だけはどうしても取れなかったけど、いくつかのコンクールで入賞もした。

だから父親に引き取られて生活が変わった時も、ずっとピアノを弾いていた。別に無心になりたかったわけじゃない。逆だ。練習中はたくさんのことを考える。メロディがヨレないように、頭の音がボヤけないように、かといってテクニックに頼りすぎないように、とにかく先生に言われたことを守れるように。

それでも結局はあっさりと事情が変わった。あの世界、上には上がいる。こまごまと注意を払わなくても、カンの良さやセンスだけでさらりと僕を越えるやつがいる。クラスで一番勉強のできる人間が進学校に行ったらただの凡人だったとか。そういうのと似たような図式で僕は自分の実力を知り、当たり前に自信を失い、当然の成り行きでピアノをやめた。十二歳の時だった。

　弾かなくなった理由はもう一つある。

「先生がいなくなっちゃったんですよね」

「いなくなった？」

「そ、桑島《くわしま》さんっていう、四十くらいの女性で、オレのこと絶対自分の母校の音大に入れたいって、格安で熱心にレッスンしてくれた。あちこち演奏会に連れてってくれたりもして」

「いい先生じゃないか。そんな人がどうしていなくなったりしたんだい」

「オレたち、色っぽい関係になっちゃって」

　江謝さんが無言で眉をひそめた。冗談にしても悪趣味だと思って、すぐに訂正する。

「すみません。ウソです。それって淫行じゃないですか。桑島さんはそんな人じゃなかった。ただ」

　見ようによってはもっと悪趣味な真実があるというだけだ。

「桑島さんの旦那さんが怒ったんですよね。……オレが先生に色目を使ってるって。もちろん事実無根ですけど」

「十一か十二の子供に、大の大人がそんなことを？」

「そうです。……なんていうのかな。愛妻家ですよね」

旦那さんは、ひどく思い込みの強い人だった。こんな顔のいい男と一緒にいて何も起こらないわけがない、子供だろうが関係ない。要約するとそういうことをまくしたて、実際に何度もレッスンに乱入した。あの生徒を担当するな、そうでなければ離婚だと言い渡された桑島さんは猛烈に怒り、モメにモメ、離婚も辞さない話し合いが何度も行われたそうで。しかし相手は頑なで、最終的に僕が「もういいから」と告げる形になった。

「新しい先生を紹介するって言ってもらいましたけど、潮時だと思って、やめました。演奏家になれるほどの素質がないのはもう分かってたし、アメリカにも行きたかったから」

たかが顔のいい子供一人に振り回される大人の男、心労で瘦せていく恩師。それらの様子を目の当《ま》たりにして、本当にこたえたし申し訳なかったし、同時にうんざりした。それからまったく、一度も鍵盤に触れていない。

「……そっか」

江謝さんはそれきり何も言わず、机に視線を落としていた。

ピアノをやめた理由の「もう一つ」を関係ない人に話したのは初めてだった。母にもとうとう言わなかったし、そういえば今地さんへの手紙にも書かなかった。

「ユウちゃん、本当にいいの？　……あなたがそうしたいなら、それがいいのかもね」

ピアノはやめることにした。とだけ伝えると、母は静かに微笑んだ。その時僕の親権を持っていたのは父親だ。二歳の僕にピアノを教えた母は、部外者になってしまったことを寂しがるようにただ眉を下げて笑っていて、僕はその時本当の意味で母に置いていかれたような気がした。

あの時本当は止めてほしかったのかもしれないと、今でも思う。

面談のあとで屋上に登ってみた。フェンスによりかかって地面に座り込み、図書室で借りた本を下敷き代わりに手紙の続きを書く。

『今地さん、今日も専従講師の人と面談があったよ。自分史でも書かないかって言われた。なんかろくでもないことばかり思い出したよ。

ちょっと変なこと聞いていい？　いや、ちょっとっていうかすごく変なこと。

僕ってさ。幸せなのかな。

なんでだろう、宮古島に来てからチラチラと考えるんだ。考えるってほどちゃんと考えてわけじゃないけど、ふっと頭をよぎる感じ。

自分がすごくかわいそうな気もするし、すごく恵まれている気もする。

いや、たぶん贅沢《ぜいたく》なんだよね。あっちこっち行ったり来たりしてるけど、別にお金には困ってないし、だらだらとどうでもいいこと話せる顔見知りも一応いるし。きっと望んだら大抵のものは手に入っちゃうんだろうなって、口に出したらすごい感じ悪いけどそれは事実だと思うし。自分の顔は大嫌いだけど、別に取り換えられるものでもないから仕方ないし。

なのになんでだか、考える。

童話だったか時代劇だったか。何かに子供の両腕を親が引っ張って所有権を取り合う話があったと思うけど、まさにあれみたいに、自分が二つに分かれたような気分になることがある。

でもこの場合、僕の両手を引っ張るのは親たちじゃない。

親はとっくに引っ張り合いを終えて持てあましてる。でもなんか確かに、誰かに引っ張られてるような気はするんだよ。

で、僕はそれについて考えるのが面倒だ。

なんかさ。感情を使うと疲れるんだよね。運動すると疲れるのと同じで。

帰国とほぼ同時にイケメン・パニックが起こった時もそうだったかも。世間もホノムラの家も大騒ぎだったのに、ほんとに他人事みたいだった。

いつからこんな感じになったんだろうって、母さんと電話しててふと思った。

小さい頃の僕ってどんなだった？

ごめん、なんか本当に変なこと書いた。返事ではここ、スルーしていいよ。ていうか絶対スルーして。

そうだ、この前ひさしぶりに医務棟で検査を受けました。

数値はぜんぜん上がってなかった。新薬の研究も進んでるって言うし、このまま治ってくれないかな。

今地さんかっこいいから、ちゃんと検査受けてください。それじゃ』

一気に書き上げて読み返し「ないわー」と苦笑した。自意識丸だしで安っぽい歌の詞みたいで、破り捨てようと思ったけど、でも今地さんだからいいかなという気分にもなる。

気が付くとすっかり日が落ちていた。海はもちろん、赤っぽい土もオレンジ色の瓦屋根も見えない。極彩色の島が、夜はただ当たり前のように黒だけになる。

「あれ、ここにいたのか」

のんびりとした声がしたので振り返ると、江謝さんがひょうひょうとした動作でこっちに歩み寄ってきた。夜の闇の中で一瞬、強い陰りを帯びて別人のように見えた。

「どうしたんですか？　心配しなくても変な連中とつるんだりしませんよ」

「別に監視したいわけじゃないよ。ちょっと息抜き」

ポケットから潰《つぶ》れた箱を取り出す。煙草《たばこ》だった。吸う人だったのか、と思う。

「喫煙室以外は禁煙のはずですけど」

「うん。でもあそこ、若い子ばっかりで怖いじゃないか」

「……若い子と接するのが仕事なんじゃないんですか」

「だからこそ、仕事じゃないときは避けてもいいだろ」

若者を避けて上がってきたはずの屋上に若者である僕がいるけど、いいんだろうか。

「でもまあ未成年の前で喫煙も良くないな」

そう言って煙草をしまおうとするのでつい、「別に、もうすぐ二十歳だし」と言ってしまった。何となく、一緒にいる合意っぽいものが形成されてしまう。

「そうかい？　じゃ一本だけ」

軽くくわえて、百円ライターのてっぺんをぐっとおしこんで火をつけた。

吐かれた煙にはどこにも吸い込まれず、ゆったりと空に昇っていく。

どこかでさざめくような笑い声と、下手くそな三線の音がした。薙《な》いだ海のような、いつも通りの夜だ。

「ここって意外と、静かですよね」

口からぽつんとそんな言葉がこぼれていた。こっちから雑談のネタを提供したのは初めてかもしれないということに気づく。

「そうだね。もっとこう、暖かいのをいいことに泡盛《あわもり》飲んで酔いつぶれて道端《みちばた》で寝てる子ばっかりかと思ってたよ」

「……網走では寒くてもみんな行き倒れてましたけどね」

「若いなあ」

楽しそうに小さく笑うと江謝さんは携帯灰皿に煙草をねじ込む。

まだ長々と残っているのに、と思って手元を見ていると
「ああ、実際はほとんど吸ってないんだ。考え事したいときにくわえるだけ」

そう言って「おやすみ」とだけ残し、江謝さんはくるりと背を向けて去っていった。

考え事。僕がいなかったら一人で何か考えるつもりだったんだろうか。興味はないけど、ほんのうっすらとだけ残った煙草の匂《にお》いだけ、妙に鼻についた。

「最悪だ」

僕は言った。口に出したら少しはマシになるかと思ったけどまったくそんなことはなく

て、ただ最悪を最悪と確認したたけだった。

『艶《いろ》の焔《ほむら》はいまだ消えず？　ホノムラ商事現会長、またも結婚。相手はすでに妊娠。』

図書室で目に飛び込んできた、週刊誌の見出しだった。芸能人も文化人も財界人も一緒くたに取り上げて好き勝手なことを言う、くだらないがいつの時代も一定の需要はある雑誌。

三十ちかく年の離れた女性と再婚すると書き立てられているのは僕の父だ。ご丁寧に会社のシンボル『焔』と引っかけて面白おかしく記事にしてある。

「最悪」

はっきり言って、父が再婚したということに驚きはない。僕が生まれたあとでちゃっかりと母ではない女性二人と結婚しているし、あいつの女好きは赤坂でも丸の内でも……というか日本じゅうで有名だ。その結果として僕が生まれたわけでもあるし。だけど同じように孕《はら》ませた母のことは妻として迎えなかったのに、新しい女性とは結婚するというのはどうよと思うし、何より僕のところには一言の連絡も入ってない。父親には確かに「必要がない限り連絡をしてこないでほしい」と言ってあるけど。つまり必要がないと判断したということだ。ますます「どうよ」と冷えた気持ちで思う。

乱暴に雑誌をラックに戻し、熱いシャワーでも浴びようと思って図書室を出る。大丈夫だ。最悪な気分なんか、きっと数日経てば折り合いはつく。その数日をどうやり過ごすのかが問題だけど。


シャワーを浴びた帰り、廊下の角を曲がると藤倉と鉢合《はちあ》わせをした。

僕の顔を一目見るなり気圧《けお》されたように一歩後ずさる。

「うわ遊馬、何その顔、怒ってんの？　タダごとじゃないオーラ発してっけど」

「別に」

「だったらその顔やめろよー。綺麗すぎてほんと怖いんだけど」

「まあムシャクシャしてるから……じゃあね」

今日はどこにも寄らずに部屋に戻って寝るつもりだった。去ろうとした僕を、しかし藤倉がぐっと捕まえ、体の向きを変えて背を押す。

「そういうことならさ、ちょっとストレス解消していけって」

「いいよ。もう寝るから」

「そう言うなって。今日はちょっとばかし特別な日なんだよ。知らないやつは呼ばないんだけど、遊馬なら大歓迎」

ドアを開けて室内に入ると、いつもと少し雰囲気が違う。ほんのかすかに煙草じゃない匂いがした。化学物質とも自然のものともつかない、鼻の奥にとろっとわだかまるような、青っぽくて甘ったるい匂い。出どころを探れば灰皿の上で何かが細く燃えていた。英語が印字された、ろう引き紙のようなもの。

「ああ、なるほど……」

驚きはすくない。そういうことか、と思った。防音で排煙装置があって、未成年者は入れない部屋。きっとこういう『嗜《たしな》み』にちょうどいいんだろう。どうりで本来の目的である喫煙をしてる人間が少ないはずだ。

「あ、誤解しないでよ。ただのお香だからね。むしろ煙草よりよっぽど安全だよ。決して違法な品じゃない。幻覚が見えるとか、意識をぶっ飛ばすとか、絶対そんなんじゃないから。脱法とも呼べないし、ただちょっとだけ気分がふわっとするだけ。素人《しろうと》の遊びだよ」

立て板に水の勢いで、藤倉は説明する。

「へー。こんなことしてたんだ」

「誰にも言うなよー？　遊馬だってアメリカ帰りならちょっとくらい経験あるだろ？」

「ないけど。でもよく持ち込めたね、こんなの」

「はた目にはただの紙だから。適当な歌詞でも印刷して、ＣＤの歌詞カードってテイにしてケースに挟んで送ってもらえば疑われないよ」

ずるがしこいやり方があるものだ。本当、イケメンプリズンはもう少しいろいろと、厳重にした方がいいんじゃないだろうか。

「もっとヤバいのも、たまーにだけど出回るし」

「やばいの……」

「さすがに大問題になるから、そうそう手出す奴いないけどね。でもホノムラの跡取りのお願いときたら断れないいな。『個人的に』仕入れようか？」

跡取りと言ってもそのうち正妻の子が生まれるらしいから、いつまでそれを名乗れるのかは分からないけどね。胸の中だけでそう言った。

まあとりあえず今日はこれで、と藤倉が一枚出してみせる。

本当にちょっとダメージ加工を施《ほどこ》した歌詞カードのような、ただの洒落《しゃれ》た紙だった。

キンと音がしてオイルライターのフタが開く。

大きな炎が揺らめくのを、僕はぼんやりと眺めていた。

たとえ『お香』だろうがやったら終わりだ。それは分かっていた。

イリノイで通っていた、世間では名門とも呼ばれているあの学校。堕《お》ちていくやつは本当に分かりやすく、決まったパターンでちょっとずつルートを外れる。最初はクラブで踊るだけ、次は常連客の「個人的なパーティー」に顔を出すだけ。そこからが案外と早い。

そんなのよく知ってる。だから断れると思った。

さっさと立ち上がって部屋に戻ればいい。

そう思うのに、ぼやっとただ、紙をゆっくりとなめる炎を眺めていた。

「遊馬君」

ガクっと視界が揺れる。誰かに腕を取られたと気づいて黒目だけを上げた。

「帰ろう。一体何をやってるんだ？」

江謝さんだった。表情が別人のように険しく、一瞬だけ背筋がぞくりとした。

「帰るってどこにですか？」

手を振り払って立ち上がり、かつてないほどの強さの視線を正面から受け止めて僕は尋《たず》ねた。もともとこの「保護区」は僕の家じゃない。というか僕のホームはもうどこにもない。父の家にはあたらしい妻子が来る。母の所には体調のよくない祖母がいる。戻るとか帰るとか、そういう場所は一つだってありはしない。

「君の部屋に。いや。今日は、僕の部屋にだ」

有無を言わせない口調で言い切り、僕の体を引っ張り上げた。

「センセー、俺らは別に」

藤倉が無理な笑顔を張りつけて弁解しようとするが、それもぴしゃりと遮《さえぎ》られた。

「分かってる、違法性はないって言うんだろう。だけどこのことは管理部に報告するよ。それにこの子はまだ未成年だ。それがどういうことか分かってるのか？」

「は？　遊馬ってそうなの？　もうハタチじゃなかったっけ？」

藤倉の「マズった」というような視線が、僕の方に飛んできた。未成年者を関わらせると一気にこじれるということは、遊び人だけによく知っているのだろう。

「来るんだ」

骨がきしむような握力で腕をつかまれ、部屋から引きずりだされる。

二の腕に走る痛みも、どこかぼんやりとしていた。


中庭をはさんだ反対側にある職員寮の個室は、入所者のそれよりさらに簡素だった。ベッドと机以外のものは本当に一切入りようがないほどの狭さ。僕がベッドに腰かけ、正面に江謝さんが立つと、もうほとんど身動きが取れない。

「なんであそこに？　江謝さん、喫煙室嫌いでしたよね」

「『なんであそこに』はむしろこっちのセリフだよ。一体どうして……」

「江謝さん。父が再婚するらしいです。しかも新しい奥さん、妊娠してるって」

言葉を遮るように言った。江謝さんのこめかみのあたりが小さく動く。

「いつかするだろうとは思ってましたから別にショックではないんですけど。ただ、イラッとしました」

もう心底面倒くさい。さっさと帰って寝たい。だから正直にそう告げてやった。ココロのうちの尖《とが》った部分というやつを、少しくらい見せたら解放してくれるだろう。だってこの人はカウンセラーなんだから、成果があがれば満足するはずだ。

「それで？　だからって取ったのがあの行動かい？」

しかし若干、当てが外れた。江謝さんはまったく動じず、予想よりもずっと険しい顔のまま僕を問い詰めてきた。苛烈《かれつ》な表情なのに、やっぱりこの人の印象は薄皮一枚かぶせたようにぼやけている。ホコリをかぶったピアノのように黒目の光が乏《とぼ》しい。

「自分の父親の女好きと身勝手さが嫌にならない子供なんていますか？」

買い言葉のようについ、言い返してしまう。

実際には、父の再婚はそこまで嫌ではないはずだった。正直、新しい子供でもできて僕の手を離してくれたらすっきりするだろうとすら思っていた。でも実際は「最悪だ」と、はっきり感じた。ホノムラ会長のたった一人の実子という立場が脅《おびや》かされるからだろうか。母が悲しむからだろうか。そうかもしれないし、違う気もした。

「オレ、部屋に戻ります」

もう止めないでほしいという意思表示として、少し強めに勢いをつけて立ち上がった。ご丁寧と、壁に腕が当たり、天井近くに作り付けてある棚から一冊の雑誌が落ちてくる。ご丁寧に、昼間の週刊誌のバックナンバーだ。間が悪い……と思ってちらりと視線をやり思い切り顔をしかめる。間が悪いどころじゃない現実に、気づいてしまった。

「先生。こういうの、読んでもいいけどもっと厳重に隠してくれませんか」

最悪だ。とまた思った。同じ雑誌で最悪の上書きをされるってどうなってるんだ。

『イケメン・プリズンの内情に迫る。あのタレントやあの御曹司の生活ぶり』

塀の向こうで暮らす有名人の素行についてこういう記事が出るのは珍しくない。ただいつもと決定的に事情が違うのは、表紙に僕の名前があることだ。もちろん実名ではない。

「ホノムラ家のワケアリ御曹司Aくん」そういう書き方に、なっている。

「遊馬君、見なくていい」

江謝さんが止めようとするのを視線と言葉で押さえつけた。

「オレには見る権利、ありますから」

ページを繰って文字を追えば、頭の芯が冷え冷えとしたような気持ちになった。いわく、僕は怠惰で無気力だが怒りっぽく、毎日だらだらと惰眠《だみん》をむさぼり、ホノムラの名前を盾に威張りちらし、自分の顔がいいということにしっかりと自覚があり、ついでに女性関係にもだらしないとんだワガママ息子らしい。

誰が僕を『売った』のかはすぐに察しがついた。喫煙所の連中……もっと言えば藤倉だろう。彼女がいるとかいないとか、そんな話をしたのはあいつだけだ。信じていた訳じゃない。気を許していた訳じゃない。ただベラベラと余計なことまで喋った自分に対して、ぽこっと小さく、割れない泡のような苛立ちが湧く。

「……なんでも記事になるもんですね」

「遊馬君」

「大丈夫ですよ。マスコミにとやかく言われるのは慣れてます。こんなことくらいでヤケを起したりしません」

「あまりに悪質な内容だったので、図書室に文句を言って閲覧《えつらん》をやめさせて、回収してきた。……事実と違いすぎるからね。いや、事実であっても勝手に記事にしていい理由はない」

「だったら最新号までキッチリ回収してください。ていうか別にこの内容、間違ってないんじゃないいんじゃないですか？　家のことは自分からバラしましたし」

「違うね。少なくとも毎日だらだらしてるって点は。君、大学の単位をちゃんと取ってるだろう。慶徳《けいとく》大の政経」

「……専従講師って、ほんとに何でも知ってるんですね」

思わずため息が出た。帰国子女枠で受かった私大だ。それなりの競争率はついてたけど、どうせ裏口入学だろうと疑われるのが面倒くさいので在学してることはほとんど誰にも言ってない。講義のＤＶＤは部屋で見れるしレポートは郵送だ。

「身上書にも書いてあるからね。入所者あての郵便は一度事務室を通る。大学と封書のやりとりが頻繁《ひんぱん》だから、レポートを真面目に出してるんだろうなと思ってた」

「……郵便の中身は見てないですよね」

「誓って見てない。それは禁止されてる」

「ならよかったです」

ぽこりと立ったきり消えない泡をはじくように、僕はもう一度大きく息を吐きだした。部屋にいる時に何をしてるかまで知られているのは気分が良くない。

「今回のことでまた面談長くしたり、するんですよね。カウンセラーとしての仕事ができるから嬉しいんじゃないですか？」

「……そう思いたいなら思ってくれて構わないよ」

そう答えた江謝さんの顔は一瞬、本当に一瞬だけ、心底から悲しそうに見えた。ピアノをやめると母さんに告げたときの顔と似ている。そう思ったらじわりとした自己嫌悪と、何故だか他人事《ひとごと》みたいなおかしみを、同時に覚えた。

「なんでこんな言い方になるんだろ。オレって扱いづらいですよね……もう、いいですよ別に」

「いいって?」

「わざわざ僕の相手しなくても。ご存知の通り大学生なんで真面目に勉強します。面談とかしなくたって、大きな問題は起こしません。これでもう、喫煙所の連中とつるむ理由もなくなったし」

「問題なら、今まさに起こしかけてたよね?」

「だから、それは……」

「それに。別にあつかいづらい子が悪い子ってわけじゃないからね」

やんわりと諭《さと》すような口調で言われて、にわかに底意地の悪い気持ちになった。

「じゃあ、あつかいづらい子と別枠で『悪い子』もいるんですか? それってどんな子ですか?」

静かに尋ねる。お前は性格がヒネてて誘惑に弱い、とんでもなく悪い奴だと、いっそ言ってほしいような気持ちがあった。

「悪い子……それは刑法的犯罪って意味で？　宗教的原罪って意味で？　単に性格が悪いって意味で？」

「そんなチマチマした理屈は聞いてない。尋ねてるのはこっちです」

「こっちも若輩《じゃくはい》なもんでね。自分で言いだしておいて悪いけど、それには僕としても答えかねるよ。ただ」

江謝さんはそこで言葉を切った。さらりと続ける。

「少なくとも君は悪い子じゃない」

「なんでそんなこと、言い切れるんですか」

僕は取り合わなかった。どうせ大人だからわかるとか、目を見ればわかるからとか、そういう通り一遍《いっぺん》の答えが返ってくるに決まっている。しかし彼の口からでてきた言葉はそういう類《たぐい》のものではなかった。

「そうだね。僕はわりと、君という人間が、好きなのかもしれない」

翌日、事務室で手紙を受け取り、食欲がないので中庭でパックジュースを飲んだ。グァバ、パパイヤ、ピタヤと南国の果樹が植えられた一角は生命力がみなぎってる感じがしてあまり好きじゃないけど。それでもなぜか、たまに来たくなる。

「君という人間が好きなのかもしれない」

不意打ちのようなその一言が、ふつりと頭の片隅によみがえった。別に言われたのが初めてというわけじゃない。……というか多分、顔が気にいったとか付き合ってほしいって意味なら、人より多く言われている方だと思う。利害と無縁じゃない関係の大人に言われて、今更よろめくようなセリフでもない。なんでわざわざ思い出すんだろうと首を振り、受け取ったばかりの郵便物に目を通す。大学の新しいＤＶＤ、それに今地さんからの手紙。

今地さんの手紙をあける。いつも丁寧な文字が、めずらしく少し乱れていた。


『坊ちゃんへ。

お久しぶりです。ごめんなさい。本当は書きたいことがたくさんあるのですが、少し状況が変わってしまったので報告だけさせてください。最近、数値が上がっています。少々気になる上がり方だと、医師にも言われました。もしかしたら発症するかもしれない』

「……」

ざわっと心が波立った。今地さんのイケメン偏差値はおそらく高い。この二年ばかりで研究は進み、数値が高くたってきちんと検査を受けておけば対策はとれるようになった。

ただ今でも、急性症状で突然にバタリと倒れる人間はたまにいる。

「ウソだろ……」

髪を軽くつかんで顔をあげる。少し離れたところにいる数人の集団と目が合った。彼らだけじゃなく、周囲みんなチロチロと僕を見ている気がした。相変わらずのうるさい視線。いや、今日は視線だけじゃない。声がついてる。

『あの記事読んだ？『やりたい放題の跡取り息子』だってさ。きれいな顔して怖いね』

『ホノムラの会長、再婚すんでしょ？あいつ、やべぇじゃん。地位陥落』

陰口は陰で言えよ。小さく舌打ちが出そうになったその時、ぱたぱたと足音がした。

「遊馬君、ここにいたのか」

「……なんですか？」

江謝さんだった。表情が明るくないので嫌な予感がする。

「落ち着いて聞いてほしい。君の母親が、入院したそうだ」

「え……何でですか」

風が吹いて果樹の葉が揺れた。母さんまで？足元がすっと抜けたような気持ちになる。

「……しばらく食が細くなっていて……買い物の最中にめまいを起して倒れたんだそうだ。今おばあさんから連絡があったらしい」

「もしかして、記事を見て……？」

母はあんなもの、好んでは読まない。どこかでうっかりと目にしてしまったんだろうか。息子は素行が悪いと書き立てられ、その父親は若い女とデキちゃった再婚をする。母さんにこらえきれるわけがない。幾らしばらく会っていないとはいえそこに気を回さない自分もどうかしていた。

「容体はどうなんですか」

病院に行かなきゃ、と思った。ごく自然に「入院先どこですか」と聞こうとしてすぐに気づく。僕がいるのは高い塀の内側だ。行けるわけがない。無力を自覚するよりも早く「追い打ち」がきた。

「それが……今日、もう退院したそうだ。単なる疲労だそうで、入院は二日ほどだったらしい」

安心すると同時に、あらたな自己嫌悪が募《つの》った。

「そうですか。よかった。でも自分が本気で嫌いになりそうです」

僕が何か関わる暇もなく状況が変わって、そして事態が収束する。無事で何よりだけど、何もかもすべて、蚊帳《かや》の外だ。知らないうちに記事にされ、知らないうちに数値が上がり、知らないうちに結婚し、知らないうちに入院して退院する。ふっと、顔がぐちゃぐちゃになったらここを出られるのだろうかと物騒な考えが頭をよぎった。たぶんそれには意味がない。ゆうぐれウイルスは基本的に、生まれついての顔貌のよさを基準に悪さをする。

「明日、電話室の方に連絡が来るから。お母さんと話して……」

「いいです。母とは話しません」

どんな声で何を話せばいいのか分からない。「あの記事に書かれた悪口は嘘だよ」と申し開きをすればいいのか？　父の悪口を言えばいいのか？　逆に触れなければいいのか？

どれも嫌だし、違う気がする。

「オレ、ここから逃げます」

誰にも聞かれないように声を落とした。

「ただの思いつきだけど。でも何があったって逃げます」


フロントガラスの奥に、海が見えてきた。

イケメンパニックから二年余り。移送以外ではじめて外に出た。

なんだ、やってみたら簡単だな。感想はそれだけだった。セキュリティが電子化されてるから意外と油断しがち、という藤倉の言葉は本当で、職員の手助けがあれば脱走はたやすい。僕が運転しているのは工事現場のトラックだった。鍵を管理棟に預ける決まりになっているので、要するにそこに出入りできる人間が味方なら盗み出せるということになる。

「遊馬君はなかなか思い切ったことをするよね」

助手席の江謝さんが楽しそうに笑う。

『いいよ。それが君の望みなら。専従講師として見届けよう』

脱走宣言をした僕に、江謝さんからかえってきた答えはこうだった。あまりにあっさりと言われたので、最初は冗談だと思った。しかし彼は本当にトラックの鍵を盗んで玄関の開錠コードを教えてきた。

当たり前だけど、脱走はただのルール違反とは比較にならないほど罪が重い。悪質な場合は刑事罰がくだることだってある。

『宮古島を観光もしてみたかったんだ。せっかく南国にいるんだから、もったいないだろ?』

そう言ってトラックに乗り込んできた彼の真意が分からない。

「ヤギをはねないように気を付けて。たまにウージの陰から出てくるんだってさ」

イリノイの郊外で友達に運転させてもらって以来の完全な無免許運転だ。それは知ってるだろうに僕の危なっかしい運転に怯えるでもなく、ただガタつく道を走る車に身を預けている。

夜なので底抜けの青い空も見えない。目の前のまっ平らな大地に続くのは、ただの田舎道だ。

「江謝さんて、本当にただのカウンセラーですか」

「お、僕に興味あるかい」

「ありません。でもイケメン保護区からの脱走ってムチャクチャ重罪ですよね。手を貸したら間違いなくクビになると思うんですけど」

「そうだね、ホノムラの会長令息に何かあったら最悪、殺されるかもしれないな。遊馬君、宮古でもハブの目撃情報があるから、咬《か》まれないように気を付けて」

「なんでわざわざオレに協力するんですか？　観光したいとか嘘ですよね」

「うーん。僕、遊馬君の大学のＯＢなんだよね。後輩だからかな」

「キャリアであるオレが出歩くのを止めなくていいんですか」

「人混みに出ようとしたら止めるよ」

　何を言ってもはぐらかされそうなので、諦めて前だけを見た。外灯もない道の両側はサトウキビ畑で右手には緩《ゆる》やかな坂の下に海がある。宮古島は一周一〇〇キロあまり、車さえあれば大体の場所には行ける。とは言ったものの、特に具体的なプランはない。……ヤケをおこすとこんな気分になるんだな、とやっぱり他人事のように思っていた。

「君はヤケを起こすときも淡々としてるんだね」

まさに今考えていたようなことを、江謝さんがのんびりと指摘してきた。

そうですね、とだけ答えてまたアクセルを踏む。

松濤でもイリノイでも、ヤケっぱちな気持ちになったことはほとんどなかった。問題を起こせば、母親の育て方が悪かっただの顔がいいから世の中ナメてるだの、ごちゃごちゃ言われるに決まっている。それに大問題って起こす方も疲れるものだ。悪い連中をちょっと横目に見てきまぐれにその輪に入ってスッと抜けて。そのくらいがちょうどいいと思っていた。

なのに今、どうして車で脱走なんかしてるんだろう。

母さんの具合を余計悪くするようなことをして、バカなんじゃないのか。

さらに見透かしたように江謝さんが隣から尋ねてきた。

「遊馬くん、お母さんに反抗したことは？」

「人並みに」

これは嘘だった。ピアノをやらせてくれる母親に、憎まれ口は聞いても反抗はしたことがない。十歳で親権が父に移ってからは逆に母親と「面会」をすることになった。しきりに『新しい小学校はどう？　おうちはどう？』と尋ねられそのたびに『まあそれなりに楽しいよ』と言い続けた。嘘じゃないと自分に言い聞かせて。実際に何かつらいことがあったわけじゃないから嘘じゃないし、『それなりに楽しい』という言葉は、とても便利だと思った。アメリカ時代もずっと、それで通した。

じゃあ今は？　楽しいのか？　分からないけど、アクセルをぐいぐい踏み込めば確かになにか『振り切った感』らしきものは胸に生まれる。たとえ狭い島ではあっても、今からどこにでも行ける、ってシンプルな事実はそこそこ快感だった。

と、思ったのに。

「……あれ？」

車が急に、言うことを聞かなくなった。踏み込んでも踏み込んでもスピードが上がらない。もう疲れたというように動きが鈍《にぶ》くなり、ついにブルッとひとうなりしたのを最後にエンジンが鎮《しず》まる。

「え……なんで？　故障？」

「いや。ガス欠だね」

故障よりも情けなくてずっとずっと単純な現実を告げたのは、メーター類を覗き込んだ江謝さんの短い声だった。ガス欠。要するに、ガソリンが切れた。こんな外灯もないような、だだっ広い畑の真ん中で。

「ははっ……」

そうと認識した瞬間、笑いが漏《も》れた。本当にバカみたいだ。完全に失念していた。何やってんだろうと本気で思う。ハンドルを握っていた手が膝の上にだらりと垂れる。

「オレさ。知ってんの」

「知ってる?」

「そう。父親のもとへ『秘密のお願い』に来る人間の顔とか。大抵、財界の大物。そういう奴らの子弟がさ、わざわざ遠くアメリカのハイスクールへ留学してくる理由も知ってる。大半はもみ消された後だけど、びっくりするような醜聞《しゅうぶん》」

「……物知りだね」

「笑える。なのにさ、忘れてたよ。車ってガソリンないと、止まるんだよね」

世間知らずを晒《さら》したようで、猛烈に恥ずかしかった。カッと顔が熱くなり、それをごまかすためにどうでもいいことをベラベラ喋る。

「どうする? 地図はなんとなく頭に入ってるけど。ガソリンスタンドはこの時間やってないだろうな。とりあえず三角板たてようか」

江謝さんはちっとも取り乱さず、冷静だった。言えた筋でもないのに、その淡々とした様子に無性にイライラした。僕が起こしたヤケや、死ぬほど恥ずかしい失敗だって、この人にとっては焦《あせ》らずに処理してしまえる程度のことなのか。自分だけが高揚《こうよう》して自分だけが悔しがって、そして自分では打開できないこの状況。だめだ。どうしようもない。

実を言うと、一ミリか二ミリ、とことんまでやってやろうかという気にもなっていた。財布には現金がある。空港にたどり着けば東京への直行便に乗れるはずだ。誰に会いたいわけでもない、どこに行きたいわけでもない。でも頭を空っぽにして行けるとこまで行ってやろうかと本気で考えた。だからスマホを持ってこなかったし、江謝さんにも置いてこさせた。

結果はごらんの有様だけど。

「なんなんだよ……っ」

その一言を最後に、沈黙が落ちた。

しばしののち、やはり冷静に口を開いたのは江謝さんだった。

「遊馬君、僕行ってくるよ。民家のある場所にさえ出られれば、電話を借りられるし、助けを呼べる。すぐ戻ってくるから、待っていてほしい」

「いいよ。戻ってこなくて。そのまま帰って」

不貞腐《ふてくさ》れたような僕に、江謝さんは嚙んで含めるように言い聞かせた。

「もう一度言う。絶対に、車から出ちゃだめだ。必ず戻ってくるから」

「……早く行けよ！」

助けを呼んでもらう自分、という図式がたまらなく情けなくて、叫んでしまった。自分の怒鳴り声を久しぶりに聞いた気がする。江謝さんは無言で車を降りて、暗がりを恐れるでもなく、歩道もない道を歩いていった。きっとすぐにプリズンの職員に連絡が行って、連れ戻されるだろう。シートに沈んであっけなかったな、と呟いた。

数時間待っても、江謝さんは戻ってこなかった。

何キロか歩くのは間違いないだろうしそんなにすぐには帰ってこないと分かっているけど、ここまで長いと気になる。もしかして道に迷ったんだろうか。待つのは苦じゃないけど、心配だ。そしてその心配は全部自己嫌悪になってぐさぐさと返ってくる。ただじっと、膝を抱えてぼんやりしていた。

いいかげん運転席の狭さが嫌になってきた頃、少しだけならと思って海に降りてみた。月が出てきたので、足元の様子はうっすらと見える。夜の闇の中でも鮮やかなほど砂が白く、発光しているみたいだった。地元の人しか知らないような、小さな入り江になった浜。空気が生ぬるくて気持ちが悪い。潮の香《か》は正真正銘の天然物のはずなのに、なぜかフレグランスみたいに人工的ですべてに現実感がなかった。なんだかしっくりこないけど、それでも南の島だからなのか、妙に開放的な気分にはなった。この海に入って、ずっと沖を目指して歩いたら、と考える。自殺願望とは違うけど、ふっとどこまで行けるんだろうという気になって、サンダルのまま浜に背を向けて進んでみた。水が少しずつ冷たくなるのが気持ちよく、怖くもある。海はなかなか深くならなくて、いつまでもいつまでも、僕の体はしっかりと砂の中で踏ん張っている。一気にバカバカしくなった、次のその瞬間。

「！」

本当に突然だ。一瞬でがくんと足元になにもなくなった。

「っ！」

一気に冷たさを増した水が暴力的にまとわりつく。しまったと思ったけど、焦りはしない。まったくもってドラマに性にかける事実だけど、僕は普通に泳げる。すぐにあっさりと足の着く場所に戻ることができた。少し吸ってしまった海水で鼻の奥がつんとして、頭がくらっとした。げほ、とみっともないほど大きく咳《せ》き込み、一瞬でとんでもなく喉が渇いた。

「くっそ……」

気の迷いを起こして衝動的に脱走して、世話役をつき合わせてガス欠で立ち往生《おうじょう》して、助けを呼んでもらって、海に落ちている。また一気に情けない気分になった。江謝さんは相変わらず戻ってこない。

「なんだよ……結構好きとか言っといて……結局いなくなるんじゃないか」

砂があちこちにこびりついて気持ちが悪い。ダッシュボードにタオルでも入ってないかと思って、道にとめられた車に戻ろうとする。そこでまた、やらかした。濡れたサンダルがずるりとすべり、全身をしたたか打ち付ける。アダンの葉でざっくりと頬を切った。今度は砂ではなく、石くれまじりの土がどろっと体にへばりついた。

「いった……！」

本気で最悪だ、と思いながら立ち上がろうとした時、ふくらはぎに明らかに草によるものではない激痛が走った。肉にはっきりと硬い何かが食い込んで、抜けていく感触がある。起き上がりかけた体が悲鳴とともに思い切りのけぞった。宮古にもハブがでる、という江謝さんの言葉を思い出して、まさか咬まれた？　と背筋が寒くなる。

「やっぱ……」

上ずった声で呟きながら、よたよたと海の方に走る。とにかく泥を洗って傷口を見てみないと、でも本当にハブだったらどうすればいい？　血清は病院にしかないはずだ。間に合うのか？　ていうか江謝さんどこに行ったんだ、本当に僕を捨てて行ったのか？

「ケガをしたら呼んでください。駆けつけますから」

ずきずきとした足の痛みに、子供の頃のことを思い出した。ケガをした僕に優しく声をかけてくれた今地さんだって、もうそばにはいない。

そうだよ。結局みんな、いなくなるんだ。

足を水につけると、傷口から気が遠くなるような痛みが走った。腰がヘタレたようになって、体がばしゃんと水に落っこちる。

……あれ、と思った。

僕は泳げる。そのはずだ。でも今は、泳げない。足がつかない。気が動転しているせいだということには一瞬で思い至った。落ち着け、と自分に言い聞かせる。大丈夫、ここは深くない。落ち着けばちゃんと足がつく。そのはずなのに手足は動かず、体が流される。息が苦しい。どうして溺れるんだ、おかしいおかしいおかしい。人は強く思いこめば、浴室でも溺れて死ぬらしい。こんな時に最悪だけど、そういうことまで思い出した。死ぬ。僕が、ここで?

大量に水を飲んだ。耳の奥までキンとする。四肢は突っ張ったように動かなかった。目はとっくに開いていない。苦しい。頭が膨《ふく》れ上がって弾《はじ》けそうだ。空気。一人は嫌だ。

「×××！」

耳元で大きな声がしてごうっと空気が唸った。息ができる。鼻や口から酸素が入ってくる。もう溺れてない。そのことに気づいた瞬間、どっと涙が出た。激しく咳き込むと体に一気に血が通ったようになって、手足がびくびくと震えた。

「良かった……」

僕の両肩をつかんでホッとしたように表情を崩しているのは江謝さんだった。身体を引き上げてくれたらしい。腰まで水につかって全身ずぶぬれになっている。また助けられた、と思うと羞恥《しゅうち》がのぼるが、同時にそんなのどうでもいい、とも思った。

「遅い……っ！」

何かに捕まらないとまた水に落ちそうで、反射的に抱きついていた。

タガがはずれたように遅い、遅いと繰り返す。ドバドバと何かをあふれさせるような声で叫んでいるのが、自分でも意味が分からなかった。いや、意味は分かるけどそれを直視はしたくない。要するに僕はとても、怖かったのだ。

溺れた直後にいきなり叫んだのでまた気が遠くなる。ハアハアと上がる息を、相手の胸板に捕まったまま整えた。

「……坊ちゃん、大丈夫ですか」

耳元で押し殺した、しかしこらえきれずにというような声がした。時代がかったその呼び方。聞き覚えがある。鈍く疑問を覚え、僕はのたりと顔を上げた。

「なんで」

ぼたぼたと水のしたたる顔が目の前にあった。違う。僕を『坊ちゃん』と呼ぶ人は確かに一人だけいるけど、この人じゃない。でも。

「……今地さん？」

おそるおそる確かめた。声は違う。でも「坊ちゃん」の響きは完全に今地さんのそれだった。坊ちゃん、寒くないですか、坊ちゃん、お腹すいてないですか。いつも疑問形から僕の世話をやく、かつての父の秘書。たとえ手紙を盗み読みしたとしても、この響きが再現できるのはおかしい。

「うそだよね？」

いや嘘じゃない。体を預けるとわかった。釣りや野球を教えてくれた時に、何度も触れ合ったから。薄皮一枚かぶせたように印象の薄いこの人を、僕は昔から知っている。

「黙っていて、すみませんでした」

ちゃぷ、と水が鳴った。頬をぬるっと生温かい何かがしたたる。血だ。

「待って……」

ぐっと腕を突っ張って、体をはなした。頭が混乱している。

「は？　ないわ、なにそれ」

感情を動かすと疲れる。だから僕は感情を使うのが苦手だ。急に運動しろと言われてもコツが分からないのと同じで、だから一気にたたきつけるしかできなかった。

「なんなんだよ！」

黙りこくっている『彼』に、肺の酸素を全部吐き出すように怒鳴り散らす。

「名前が違うじゃん……ていうか、顔もちがう、背だって、声だって！　どういうことだよ、わけわかんないんだけど！」

「名前は偽名です。顔と声は……事情があって変わりました。背は、変わっていません。きっと坊ちゃんが子供で小さかったから、ことさら大きく見えていたんだと思います」

不器用そうな淡々とした喋り方で認める。もう間違いない。この人は今地さんだ。

全身からざっと、血の気が引いた。

「何……どういうことだよ……分っかんないんだけど……オレ騙《だま》されてたわけ？」

専任講師の江謝さんが、文通相手の今地さん。事実をしっくりと頭が吸わない。

「あ……ってことは……」

一瞬後、他のすべてがどうでも良くなるような、猛烈な恥ずかしさが襲ってきた。

「手紙は誓って読んでないって言ったの、ウソ？　あれ読んでたわけ？　読んでたんだよね、職員なら郵便見れるし、ていうか自分宛だし」

今地さんが鬱陶しくない大人だから、僕は書いた。たわいもないことも自意識過剰《かじょう》なことも、全部書いた。たまに漏れる弱音。小さな鬱屈《うっくつ》。そういうものを吐きだすように。

「笑ってたのか？　僕が……あんなに……いろいろ、手紙に書いたこと。そのくせ面談じゃ強がってスカしてバカみたいって思ってたのか？　最低だよ」

相手は何も言わない。何も説明する気がないのか、正しい説明の仕方を考えているのか。はっと、そこで一つの可能性に気づいた。可能性と言うより、もうほとんど確信があった。さっき引いた血の気が頭に戻っていくような気がした。

「監視してたのか？　……父さんに言われて？」

これで正解だろうという、諦めみたいな直感が働く。何もかも偶然なんてことはありえない。彼が今地さんなら、間違いなく父が一枚嚙んでいるはずだ。大きな不祥事こそ起こしてないけど、僕はささやかな問題児で施設の職員の手を焼かせている。籍まで入れて跡取りにしてやったのに懐かない厄介な一人息子。誰かに監督させたいと思うのも無理はない。なるほど道理で父からのコンタクトがない訳だ。僕がどう過ごしているか、全部知っていたんだから。

「冗談じゃない、サイテーだよ」

体半分水に浸《ひた》してうつむき、それきり僕は黙っていた。頬がずきずきと痛み、血がひっきりなしに水面に落ちる。真っ青な海と白い砂に赤い血が溶けだす様子を想像しようとしたけど、今は夜だからうまくいかない。

ざわざわと防潮林が鳴く。耳元では細い風が唸っている。

しばらくたってから江謝さんが「帰ろう」とだけ口にし、僕はそれに従った。足も頬も痛むし、頭の芯がしびれたようで、もう反抗する気にもならなかった。運よく携行缶で貰えたらしいガソリンを慣れた手つきで給油口から注ぐその手つきは、何事にもソツがないまさに『今地さん』のものだし、帰りの運転もうまくて、他人事のように「うわ、本人だ」と思った。

帰りのトラックの中で、僕たちは一言もしゃべらなかった。

一週間の謹慎。脱走犯である僕にくだった処分はそれだけだった。穂ノ村の家にはとっくに連絡が行き……そしておそらくは父が、何かの形で手を回したんだと思う。本来ならもっと大事になるはずだ。僕のふくらはぎにできた小さな傷は、結果から言えばハブではなかった。尖った石か、カニのハサミか。とにかく盛大な勘違いだったということになる。

つくづくバカみたいだ。

謹慎に使う部屋は、敷地の外れにある別名『懲罰房《ちょうばつぼう》』だった。布団一枚敷いたら床が見えなくなるような狭くてジメっとした和室で、調度は何もない。がっちり外から施錠をされるし、のぞき窓と食事の差し入れ用の小窓までついている。壁は「出せーここから出せー」だの「カレー食べたい」だのフォークか何かで刻まれたと思われる落書きだらけで、そのせいかホテルのような味気ない自室より、よほど生活感みたいなものがある。

やることなんか何もなかった。

もともと真面目にレポートは提出していたから、勉強の遅れもない。反省文を書いたあとはただ、内容なんかまったく頭に入らないまま、差し入れられた本を読んでいた。

四日目くらいにふっと、ピアノが弾きたいな、と思った。別にショパンやリストじゃなくてもいい。簡単な……ソナチネでいいから。きっと下手《へた》すぎて嫌になると思うけど、でも何も考えずにただ弾きたい。思い切り、かきむしるみたいに、めちゃくちゃに弾きたいと思った。こんなことが起こって気が付くのも皮肉だけど、ただでたらめに弾き散らかしていいなら僕は割とピアノが好きなのかもしれない。頭の中で鍵盤やペダルを操るのは、多少の慰《なぐさ》めになった。

江謝さん……今地さんのことは、考えないようにした。考えることしかやることがない時に考えるようなことでもない。食欲はさっぱりわかず、食事も半分くらい残したら、たった数日なのにけっこう痩せた。洗面所の鏡で見ると肉が落ちて目つきが鋭くなったぶん本当に父にそっくりで、まったく嫌になるよね、とぼんやり思った。頰の傷は意外と深く、処置は丁寧にしてもらってるけど多分うっすら傷が残ると言われた。別にどうでも良かった。

謹慎がとけて自室に戻っても、特に騒ぎは起きていなかった。ああ、やっぱり父親がもみ消したんだな、と感想はそれだけだった。この上なく気まずそうに「あの雑誌はただ、ちょっと記者の口車に乗せられて」と言い訳する藤倉には「もう話しかけないで」とだけ伝え、母には何事もなかったような声で見舞いの電話をして、新しく届いた大学のテキストを読んで。そういう風にまた、元通り暮らしはじめた。

江謝さんの姿は施設のどこにもなくなっていた。専従講師は解任されたことだけ事務的に告げられ、それ以外の説明は一切ない。僕の脱走の責任をとらされたのだろうか。それとも自分から去ったのか。すっきりした……と、悪《あ》しざまにでもなく、素直に思う。どんな顔して会えばいいのか考えるのも面倒くさいし、あの人のことが好きなのか嫌いなのか考えるのも面倒くさい。いなくなってほしいわけじゃないけどいなくなればホッとする。

これは別に矛盾してない。

「……遊馬、あれはでたらめだからな」

珍しく、本当に珍しく父から電話があったのは謹慎明けの二日目、何のことかと思えば例の週刊誌の記事だ。付き合ってる女性くらいはいるけど、別に子供はできていないし誰とも結婚はしない。親の口から微妙に聞きたくないことを包み隠さず教えられ、それも逆にどうなの、と思わず乾いた笑いが漏れた。いい加減な記事を出した出版社に対しては既に法的措置をとっているらしく、僕についてあれこれ書かれたほうについても訴えるか、と尋ねられたけどそれは断った。

そして父も、今地さんのことは一切口にしなかった。勝手に監視役をつけたことを謝るでもない。彼を巻き込んで脱走したことを怒るでもない。やっぱりこの人を理解はできないな、とその思いを新たにしただけだった。


『彼』から手紙が届いたのは一週間後だった。いつもと同じ、少し縦長の丁寧な字で宛名が書いてある。住所の記載はない。『江謝さん』は字が下手だったけど、よくよく考えたら彼は右手を使っていた。『今地さん』は左利きだ……わざわざそこまでして、正体を隠したかったんだろうか。

ゴミ箱に捨ててしまおうかとも思ったけど、彼が別人になって僕の前に現れるに至った経緯《いきさつ》は気になった。迷った末、どうせもう会わないだろうし、とそんな形で自分を納得させて、屋上に出て封を切った。今日もどこかから誰かの練習する三線の音が聞こえる。最初はつっかえつっかえで下手だったけど、そういえばずいぶん上達していた。

『遊馬君へ

ずっと騙していてごめんなさい。こうして手紙を書いていいものか、書いても届くのかどうか本当に迷いました。もう君との接触は禁じられているけど、手紙は意外と抜け道なので一通くらいは届くと信じて、どうしても言いたいことだけ伝えようと思います。遊馬君、いえ、坊ちゃんにこれだけは言っておきたい。僕が宮古島のカウンセラーになって君を担当したのは、お父さんが言いだしたことではありません。元々は僕の希望です。お父さんの根回しがあったのは事実ですが、すべては僕が、君を近くで見ていたかったからです。

最初にすこしだけ自分のことを書かせてください。

知っての通り、僕は十年前まで会長の付き人をしていました。同期入社の連中より、少し仕事ができた。『少し』ができるのなら『たくさん』もできる気がして頑張ったら、二十代のうちに、筆頭秘書にまで収まっていました。ただ、あまりにも頑張りすぎて結局は体を壊しました。あの世界はあまりにも、普通の顔をして普通じゃないことをする人間で満ちている。この場合の「普通じゃない」は世の中に明るい革新をもたらすようなことと、その進化の代わりに誰かをとんでもなく不幸にすることと、両方が含まれます。清濁《せいだく》をぐちゃぐちゃに併《あわ》せのんでなお普通という顔をすることに疲れて、ある日突然、顔がまったく、能面のように動かなくなりました。医師から精神的なものが原因だ、無理をすると一生表情が自由にならなくなるぞと言われ、また手足や声にも影響が出始めたので、仕事をやめました。療養中、ストレスによる過食や薬の副作用で体重が増減し、何年分も老け込んで……それに、リハビリのため表情筋を必死で動かしたり声を出しすぎたりすぎたからでしょうか。顔立ちがガラリと変わり、声もわずかですがつぶれました。今の僕が別人のような姿をしているのはそういう訳です。

宮古島で会ったばかりの頃、坊ちゃんが僕のことを「死んだような人」と言ったとき、正直ギクッとしました。僕の顔は、一度は死んだのをどうにかもう一度血を通わせたようなものだからです。

十年前、生き馬の目を抜くような秘書生活の中で、坊ちゃんの存在は確かに僕にとって癒しで、大切で、面会が本当に楽しみだった。僕がお父さんのもとを離れてから、また君がお父さんに引き取られ、折り合いが悪くなってアメリカで暮らすようになってからも、ずっと気になっていました。でも能面のような顔は見せたくなくて、会いには行けず、手紙を書き続けた。僕が心理学を学び始めたのもこの病気が原因です。療養しながらカウンセラーの資格をとってスクールカウンセラーなどをしていたのですが、二年前のイケメン検査で引っかかりました。同時に手紙で、坊ちゃんも帰国してウィルスのキャリアになったことを知った。いてもたってもいられず、かつての同僚を通じて会長に連絡を取りました。坊ちゃんと同じ保護区にどうにか入れてもらえないかと頼み、最初は断られた。ただ坊ちゃんの宮古島移送が決まった時に、向こうから「息子が新しい生活になじめるよう協力するなら、同じ施設に入れるよう取り計らう」と言われました。だからきっと、会長の目的は監視ではない。親心だと思います。

会長からはきちんと「今地」として坊ちゃんの世話に当たるように言われましたが、それを僕は断った。坊ちゃんは僕を兄のように慕《した》って、きっと憧れてもくれていたから、今の姿は見せたくなかった。心のどこかで、容姿の衰えた自分、キャリアを断たれてもはや昔のコネを使わないと君に近づけない自分が嫌いだったのだと思います。本当は、坊ちゃんが宮古島に馴染《なじ》めたらそのまま身を引くつもりでした。だけどズルズルと長引かせて、結果として君を傷つけた。本当はもっと早く、きちんと素性《すじょう》をあかして、君と話すべきでした。おかしなことをして本当にすまなかった。これがすべての真実です。

坊ちゃん、本当に寂しがり屋の人間は、寂しさに鈍感です。鈍感にならないと、きっと自分が壊れてしまうのだと思います。思い通りにならない体調とメンタルと顔を抱えて療養している頃、それに嫌というほど気づきました。僕は寂しかった。そして坊ちゃんもきっと、同じように寂しがり屋なのだと思います。

今度こそはっきりと言います。世の中には悪い子もあつかいづらい子も、それに寂しがりやの子も、たくさんいます。それらを仕分けたり優劣をつけるのは誰もできないし、してはいけないことだと思う。けど、確かにいるんです。

でも僕は、坊ちゃんがどれに該当しても、あなたのことを大切に思っています。

本当に言いたいことだけをまとめようと思ったのに、長くなってしまいました。

僕のウィルス値が上がっていると手紙に書きましたがあれは本当です。何がどう作用したのかわかりませんが、宮古を離れての検査でさらに跳ね上がっていました。僕は明日、東京プリズンの一級隔離病棟に移ります。二十代から三十代にかけて容姿ががくりと衰えたという人間に対し、ウイルスがどういった作用をするのか。興味深い例として調査に協力するよう、要請されました。僕はそれに逆らいません。研究が進んで昏睡《こんすい》している誰かが助かってくれるよう、すべてに協力するつもりです。だから多分これが、最後の手紙です。


そういえば坊ちゃん。もうすぐ二十歳の誕生日ですね。おめでとうございます。あなたはもう大人だ。

坊ちゃん……と呼ぶのはもうおかしいのかもしれませんが、だけど戻りたいなら、いつだって子供に戻ってもいい。我慢せずに怒ったり落ち込んだり、ワガママを言ってもいい。転んだ傷が痛いなら泣いていい。その相手を本当は務めたかった。それだけが本当に心残りです。僕にはかなわなかったけど、いつか他の誰かが君と寄り添ってくれるといいと思います。

どうか元気で。君がいつでも幸せであるように、この十年ずっと願ってきました」

読み終えてしばらくは放心していた。たっぷり数十秒もたってから、またドバッと何かが来た。

「だから……なんなんだよ……」

たぶんそれは今までで一番きつい「なんなんだよ」だった。

「なんで、言わないわけ……？」

ざあっと遠くから音がした。バケツをひっくり返したような雨が、晴れたままの空を渡ってくる。スコールだ。はるか遠く、赤茶けた大地が徐々に濡れていく。名前の分からない感情を流すのには多分たりない。

ずるい。大人はずるい。大人っていうか、人間がずるい。

「サイッテーだ。なんなんだよ」

僕が顔がいいと損だとかめんどくさいとかそんなこと考えてたときに……今地さんは思い通りにならない顔を抱えて闘病していたっていうのか。そして僕は、気づかなかった。顔が変わったくらいで。あの人が誰で、何を考えているのかに。

「ほんと……なんなんだよ」

口からは壊れたおもちゃのようにそんな言葉ばかりこぼれてくる。迫ってくる雨に頭を突っ込むように、体を丸めた。胎児のようにしっかりと。ほとんど一瞬でずぶ濡れになった髪から細く糸を引くように水が垂れる。海で溺れかけたことを思い出す。外に出たいと、今度は焼けつくように、本気で思った。

「どうしてはっきり、言ってくれないんだよ……」

今地さんも母さんもみんなそうだ。遠くで見守るなんてエゴだ。君の幸せを願っていた。欲しいのはそんな言葉じゃない。じゃあどうしてほしかったんだ？　分からない。分からないけど僕は今すごく、寂しい。手紙に書いてあった通りだ。

どうせなら思い切り、引っ張ってくれたらいいのに。子供の腕を引っ張る話みたいに、誰かが思い切りぐいっと引っ張ってくれたら、こんな風にならないのに。

いろんな感情がごちゃごちゃになって、固い屋上の床に座り込んだ。そのままじっとしていたら雨はほんの十分ほどでやんだ。自分が泣いたのかどうか、分からなかった。


数日後の黄昏《たそがれ》時。音楽室の中は薄紫色の空気に包まれていた。

日が落ちるほんの一歩手前、闇を蓄える前の、ぼんやりとした空気。

ピアノの蓋《ふた》を、そっとあけた。調律は頼んである。

二色の鍵盤が整然と並んでいる。アコークローは明るいと暗いが溶けあう時間のことだけど、この白と黒は絶対に交わらない。ほんの半音しか違わなくたって、まったく別のキーで、きちんと鳴らしてやらないと途端に音をひずませるし、耳を汚す。七年ぶりだ、きっとどうしようもない音しか鳴らないだろう。それでも。

もう一度ピアノを練習しようと思っていた。東京プリズンに自分の力で行けないだろうかと考えた結果だ。もう父親の力は使いたくない。行ってどうするのかは分からない。でも何か特技があれば東京に行ける、それだけは確かだ。

考えながらそっと、指先を鍵盤に落とした。なめらかな白鍵に吸いよせられるように指が沈み、高くひとつだけ音が鳴る。

明日、僕は二十歳になる。

幕間 ✸ 宇宙から来た男、再び

る。

どこぞの大学の名誉教授が手元のペットボトルを投げつけんばかりの勢いで威嚇《いかく》してく
私が会議室に入ると、平均年齢六十五歳程度の列席者たちはパニックに陥《おちい》った。

「一体何者だね、ここをどこだと思ってる！」

「ギャアアアア！　警備員！　警備員は何をしてる」


「落ち着いてください。彼は志水清隆《しみずきよたか》です」

航宙戦略担当特任大臣の津和豊《つわゆたか》だけが、落ち着いた声音で諭《さと》す。

私をここに呼んで飛び入りを許したのもこの男だ。御年《おんとし》六十一歳だが見た目は壮健で四十代でも通る。高齢のためゆうぐれウィルスのキャリアにはならずに済んだが、若ければ確実に隔離対象だったことだろう。そのせいでもあるのか、色々と話の分かる男だ。

「え？　志水清隆？　本当かね津和君」

「このロボットみたいな男がか？」

それぞれに眉を顰《ひそ》めたり首をひねったりしながら、私をしげしげと見つめる。

一見して誰だか分からないのも無理はない。

「志水君……その恰好は何なんだ」

そう、私は今、全身をすっぽりと防護スーツにおおわれている。すっぽりといっても従来型の幅広のシルエットではなく、スターウォーズのドロイド兵くらいのレベルでスリム化されたものだ。ほとんど着たきりでも一週間以上の酸素供給と化学物質の不透過、ついでに清潔も約束される。一応イケメンであるので、外を歩きたかったらこのくらいの対策は必要だ。

「このような格好で失礼いたします。いかにも私は志水清隆。津和大臣、ご無沙汰《ぶさた》しております」

頭を下げてあいさつしたのに、不審げな空気は微塵《みじん》も去らなかった。冷静なのは津和大臣だけだ。

「志水君、こんなところで何をしてるの。アメリカ……っていうか、てっきり宇宙にいるもんかと思ってたよ」

「いやJAXA《ジャクサ》やめちゃったんでしょう、今何してるんだ君」

口々に尋《たず》ねられる。申し遅れたが私の本職は宇宙飛行士だ。

「はい。JAXAは退職しました。今はフリーの宇宙飛行士です」

「フリー……」

ますます困惑《こんわく》された。まったくもって納得がいかない。なぜこの手の人間は、フリーランスという働き方を胡散臭《うさんくさ》がるのか。

「米国のイグニッション・ギャラクシー社との三年契約でミッションに当たっていましたが、いったん切り上げて帰国してきました。ウィルスの蔓延《まんえん》する日本に戻るのはクレイジーだと止められましたが、私にはコレがありますから」

と言いつつ防護スーツを指さす。

爺《じい》さんの一人が、好奇心を隠しもせずに尋ねてきた。

「それ民間の会社が作ってるスーツ？　日本製じゃないよね、いくらしたの」

「二億です。自費で買いました」

「……」

全員が絶句した。わざわざ二億のスーツを買って帰国というのはやはり常軌《じょうき》を逸《いっ》した行動と映るのだろうか。

「なんでわざわざそんなことまでしてこっちに渡ったんだ？　そもそも君、どうして今日はここに？」

世界最大手の宇宙ベンチャーとの契約を切ってまで帰国してきた理由。私はそれを正直に話す。

「日本に帰ってきたのは、友人の顔を見るためです」

あまりに個人的だったので意表を衝《つ》かれたのだろう、またしても沈黙が降りた。

「一ノ瀬優作《いちのせゆうさく》に面会してきました」

続けて口にしたその名前に、小さな波紋がたったようにお偉方の表情が動いた。

小惑星探査船「ゆうぐれ」サンプルリターンミッションの若きチーフ、一ノ瀬優作は私の後輩だ。どちらも東大工学部宇宙工学科の出身で、田舎の高校から単身上京・進学したという点も共通しており、彼は私によく懐《なつ》いてくれた。汚い学生会館でロケット打ち上げのニュースを一緒に見たものだ。宇宙飛行士の採用選抜に応募するかどうかで迷っていた私の背を押したのもこの男である。

「私は宇宙に行きます」

隔離病棟《びょうとう》のベッドで、優作はひとり眠っていた。自発呼吸はあり、ときおりうっすらと瞼《まぶた》を開けることもあるそうだが意識は戻らない。学生時代に酔い潰《つぶ》れて雑魚寝《ざこね》していた時とまったく同じ顔で、もう一年も昏睡《こんすい》し続けている。「ゆうぐれ」の、特にサンプラー部分の設計開発に大きく関《かか》わった優作は、ウィルスの一号感染者でもあった。世間では職に殉《じゅん》じたような扱いで気の毒がられることもあれば、ウィルスを持ち帰った戦犯と叩かれることもある。

「いや君、宇宙ならとっくに行ったよね？　ソユーズ乗ってＩＳＳ滞在して、船外作業やってたよね？」

「もう一回行くんです。今度はゆうぐれウィルス撲滅《ぼくめつ》のための探査飛行に」

「どうやって？　そんな計画、日本にないよ」

「計画がないなら、作ればいい」

　私は宣言した。

「あいつの夢と名誉を奪ったゆうぐれウィルスを、私は絶対に許さない。調査のために宇宙に行きます」

第三話

富士山麓

God Save the IKEMEN!

富士山麓は、今日《こんにち》では別名「六本木《ろっぽんぎ》」「堀×学園」と呼ばれている。

自分でも何を言ってるか分からない。

いや、分からなかったのは、ほんの二年ほど前までの話だ。

ここは「特殊願顔貌《がんぼう》保護センター・東京特別第一保護区」。

通称を「特区」。

政治家や企業重役、またはその子弟。

芸術家、タレント、スポーツ選手。

東京に……もとい日本全国に強い影響力を持つイケメンばかりを集めた特別な「男の園」である。


政府公認「イケメンチャンネル」というものがある。

プリズンの中のイケメンが、週一でちょっとした近況をしゃべったりする映像番組みたいなものだ。

「というわけで、今回もお付き合いいただきありがとうございました。また来週！」

セットされたカメラに向かって笑顔を向けた。

端《はし》くれとはいえ芸能人なので、一応こういうのはお手の物だ。

ここは保護区であるからして、もちろん生配信じゃない。

スタジオで撮影された動画は、施設の上長による複数回の検閲《けんえつ》を得て、やっとネットにアップロードされる。日本各地の「イケメン・プリズン」でも、ここまで設備が充実しているのはここだけだ。

これが「特区」の芸能人に与えられた特権。

隔離された環境にあっても、生業《なりわい》である芸能活動が継続できるようにという計らいで動画・ブログのたぐいだけ、発信が許可されている。使用にあたっては審査があるし、パスするのには一定の活動経歴が必要になるので別名「タレント免許」なんて言われていて、外での人気のバロメーターにもなっていた。

「ふー」

カメラのスイッチを切って息をつく。

施設での日常を、規則に触れない程度に紹介し、視聴者から寄せられた質問に答える。ネットラジオみたいなものだから構成はごく無難だし、良くも悪くも検閲が入るからおかしなことを口走っても大丈夫だ。それでも少しは緊張する。というのも、基本的に「一発撮り」ですませないといけないからだ。

る。

ガラス張りのブースの外で順番待ちをしていた次の「出演者」がそんな風に急《せ》かしてくる。

「おい、代わってよ」

この『特区』には、駆けだしまで含めれば何百人とタレントがいる。

ブースもたくさんあるけどいつだって使用権は取りあいだ。

「ったく、時間ギリギリまで使うなよ。後がつまるじゃん」

ちなみにオレと入れ違いで舌打ち交じりにスタジオに入ったのは「国民の弟」と呼ばれている子犬のようなイケメン俳優、佐橋歩夢《さはしあゆむ》だった。朝ドラでヒロインを支える健気《けなげ》な弟がはまり役でブレイクしたけど、実はかなり、性格がオレ様だったりする。

こっわ、とつぶやいて、ドアから『使用中・湖川咲楽《こがわさくら》』と書かれたネームプレートを外した。ちなみにこれはオレの本名。仕事で使ってる名前も同じ。

「さーて……何しよっかな」

特区にはダンススタジオやトレーニングジムもあるし、何ならイケメンフィギュア選手のために特別に作ったスケートリンクまである。いつもはあたりを走り込んだり、ジムでレッスンや体力作りをすることが多い。でも今日は週一の収録を終えて、ちょっと疲れた。

「咲楽ー！　収録終わった？　ゴハン食べに行く？」

おりよく、廊下の先から、仲のいいルームメイトが歩いてきた。

「あー育斗《いくと》。ごめんお待たせ」

そういえばお腹すいたな、と思って手を振って応《こた》える。今日は水曜だから、カフェテリアの日替わりランチはパスタのはずだ。


特区の真ん中には『センタータワー』と呼ばれる二十階建てのビルが建っている。最上階はレセプションホールになっていて普段は入れないけど、食堂と売店の品ぞろえはちょっとしたショッピングモール並だ。

ちょっと離れたところには屋内で野菜の生産ができる最新式のラボもあるし、噂《うわさ》によると地下には核シェルターもあるとかないとか。ゾンビの大群が攻めてきたって籠城《ろうじょう》できそうだ。いっそそのうちラブホテルができるだろうとか、カジノでも誘致《ゆうち》したらいいんじゃないかなんて冗談めかして囁《ささや》かれている。

「……しかし『特区』ってデカいなぁ」

「どしたの、突然。もう二年もいるのに」

しみじみ呟《つぶや》くと、となりでアボカドチキンサンドを食べていた育斗が顔を上げた。

「いや、改めて見ると広いなと思って」

イケメン・プリズンは隔離のため、離島や日本の端の方にあるのが常なんだけど。やはり日本の頭脳とも呼べる政治家や実業家、その他もろもろの『ＶＩＰ』を離れ小島に追いやるのはよろしくないし、不便も多い。

それで白羽の矢が立ったのが、富士山麓《さんろく》だった。東京都心から一〇〇キロあまり。この辺が『落としどころ』ってやつだったんだと思う。富士山の西側に広がる広大な森を、急ピッチで大規模に開発した。アタッシェケースに入った札束やら白骨死体やら、いろいろと穏やかでないものも出たらしいけど、構っちゃいられなかったそうだ。

イケメンプリズンは日本じゅうどこのものも一つの町のように大きい、と言われているけど東京第一センターは本当に、電車でも通したらいいんじゃないかと思うほど大きい。事実バスならば一時間に数本走っているし、オレもいまだに敷地のすみずみまで回ったことはない。

八階にあるカフェテリアに上がってやっと「端」が見えるくらいの、本当に誇張《こちょう》なく『イケメンばかりが住む町』だ。西側には、イケメンではない医師や研究員が詰めた『特別研究区』がある。めずらしい症例の患者を診《み》たり、ウィルスについての最新研究が行われているそうだ。

「いくら街みたいって言ってもさー。やっぱり飽きちゃうよ。あの壁見てるとたまに思い出さない？　俺らって隔離されてんだなぁって」

　窓の外を眺めて、育斗が唇を尖《とが》らせた。顔といい体型といい、女の子と言っても通じそうなくらい華奢《きやしや》でかわいらしい。かわいらしいのは見た目だけじゃなく経歴もそうで、彼は　歴史あるお嬢様女子大の保育科に通っていた、自称「イケメンすぎる保育士」だ。

　正確には少子化のあおりを受けて共学化した短大の、初代の男子卒業生、だけど。

「姉貴とか大学の子たちがさあ、最近よく写真送ってくんの。なんか楽しそうでいいよね、外の女の子はさ。みんな旅行したりライブ行ったり。育斗も早く帰ってこいってうるさいんだけど、出られたらとっくに出てるって話でさぁ」

「ふーん。そりゃ四人姉弟の末っ子長男や、同窓生の数少ない男子がいなくなったら寂《さび》しいだろうな……」

　女だらけの家で育ち、女の園で学び、子供の園へ就職する予定が、男の園にたたき込まれた、なかなか複雑な身の上の持ち主である。ここでは数少ない「一般人」だけど、顔はなまじなアイドルよりよっぽどいい。

　短大時代に何度も芸能関係者からスカウトされて、卒業後の進路を考えているときに、ちょうどイケメン・パニックが起こったんだとか。

「あー、ホント退屈。もういい加減特効薬とか出ないのかな。なんかまだやっぱり怖いし」

イケメン偏差値が65以上ある育斗にしてみれば、そっちもかなり深刻な問題だろう。

オレはそれよりはだいぶ低いから、もうすっかり緩《ゆる》んでしまったけど。そう、悲しいかな、オレの見た目は塩顔でやや地味だ。活動のメインは舞台だから、まあそこまで困ることもない。

「短大の卒業式も成人式も出られなかったしさぁ」

「成人式ならやってたじゃん、ここのホールで」

「ちがうんだよ、ああいうのは市民ホールできゃー元気？　っていいながらやるのがいいんであって。知り合って一年もたたないような奴ばっかり集まっても意味ないわけで」

「…そういうものかな」

いまいちピンとこなかった。子役をやってそれなりに忙しくしていたので、地元の友達とそれほど濃い付き合いはない。今でも外に出られたら、もちろん友達には会いたいけど、それよりは仕事がしたいなと思う。特に舞台だ。やっぱり端役《はやく》でもいいから舞台に立ちたい。

「やだなー芸能人はこれだから」

「うっさいなぁ。芸能人より顔のいいヤツが言うなよ」

イケメンパニック発生当時、オレはかなり早い段階で隔離をされた。地味なりにも役者であるので、それは正直、多少なりとも予想していた。星の数ほどオーディションに落ちてるけど、でも事務所は小さくても面倒見のいいところだし、ドラマやミュージカルの端役、地方のＣＭモデルとそれなりに仕事はあった。高校生くらいから、「期待の若手」として雑誌や専門チャンネルから取材を受ける機会も増えてはいた。

まあ…それだけなんだけど。

未《いま》だに代表作と呼べるものはないし、自分の名前だけで呼べる観客の数なんてたかがしれてる。保護区のイケメン芸能人には逆立ちしたって、かなわない。

それでもまあ、有名人の端くれとして、一応、ここにいる。

「あ、見てあれ。またＳＷＡＴ《スワット》が出動してる」

「ほんとだ。しかし毎月毎月、懲《こ》りないな……」

機動隊みたいな防護服を着た集団が、一糸《いっし》乱れぬ動きでバタバタと正門の方向に走っていった。保護区を守る警察のようなもので、どんな事態でも絶対に感染しない非イケメンで構成されている。全員が全員、武道やら射撃やらのエキスパートでむちゃくちゃ怖い。アメリカの特殊部隊とはまったく関係ないけど、なんとなくかっこいいのでそう呼ばれていた。この東京プリズンは、日本じゅうどこの保護区よりも警備が頑丈だ。一説によると南に行くにつれていろいろとユルくなり、五島《ごとう》列島や八重山《やえやま》諸島のあたりには脱走騒ぎの頻発するプリズンもあるらしいけど、ここじゃそれは無理だろう。高い壁をよじ登ってるのを見られたら、麻酔銃か何かで撃たれると思う。

　ちなみにSWATが日々せっせと出動する主目的は、じつは脱走じゃなくむしろ逆だ。

　彼らは『外』の脅威《きょうい》から中の人間を守るために日々活動している。

　ここに収容されているのは半分以上、有名人。そのファンたちがせめて一目会いたいと、樹海を踏み越えて決死の突入工作を試みる事例が後を絶たない。……オレのファンはこないけど。

「知ってる？　こないだ自転車二十台くらいで乗りつけた女の子たち、全員中学生だったんだって。ほんっとに、女の子は楽しそうでいいよね」

「懐《なつ》かしの『チャリで来た』か……すごいな……」

「それより咲楽、今日何する？」

　ルームメイトである育斗とは、だいたいつるんであちこちふらふらしている。

　保育士免許は取ったけどここには子供がいないので、彼はいつもヒマなのだ。あふれ出る『お世話欲求』を満たすためなのか、マネージャーよろしくオレのジョギングやら何やらに付き合ってくれる。部屋の掃除も張り切ってやってくれるので頭が上がらない。オレも売れっ子とつるむと気疲れするし、育斗といるのがいちばん楽だ。

「よし、視聴覚室でＤＶＤみよう。妹が舞台のやつ送ってくれたんだ」

「またお芝居？　ほんと好きだよね咲楽」


施設では基本的に、生の芝居や最新の映画は見られない。小さな映画館はあるので人気作は半年遅れでかかったりするけど、ミニシアター系なんかはダメだ。

だから妹の澄玲《すみれ》が、よくＤＶＤやブルーレイを送ってくれる。

今日は劇団在来線《ざいらいせん》と、あかね塚《づか》歌劇団。どちらもイケメンパニック後、ぐっと動員数を増やした劇団だ。前者が支持された理由は、イケメンじゃない『怪優』や演技派が多いから。後者は……

「しかしどの男役もほんとにイケメンだなぁ。男よりかっこいいよね。なんか敗北を感じるよ俺」

「育斗だったら逆に娘役で入れんじゃないの」

「勘弁してよ」

ネットカフェのように個室状になった視聴ブースで、オレと育斗はだらだらと映像鑑賞に励んでいた。

あかね塚は女性による女性のための、清く正しく麗しい伝統的な歌劇団である。

男性役を男装……というか心まで男になり切ったような女性が演じることや、風・海・森と三つの組に分かれてることなんかは誰でも知ってると思う。

ちなみにイケメンパニックの走りの時期、各種の規制やら法整備やらで日本全国が最高にバタバタして、そしてほんの少し落ち着いたころ、もっとも打撃を受けたのは芸能界をはじめとするショービジネスの世界だった。……まあ、道理と言えば道理なんだけど。

もちろん芸能人が「全滅」だったわけじゃない。顔だけを売りにはしない層や、もっと言えば『天然モノ』じゃなかった人々は感染を免《まぬか》れた。

それでも若手のタレントはほとんど自由には動けなくなったわけで、映画やドラマの制作は次々に頓挫《とんざ》した。ここぞとばかりに代役で性格俳優や庶民派《しよみんは》俳優が売り出され、実力派と呼ばれる人たちにスポットが当たって……あと女の子の露出《ろしゆつ》がすごく増えた。

男装女子の人気にも火がついたし、まあ今ではなんだかんだ、イケメンなしでもうまいこと回っているらしい。自由に活動や応援が出来なくなったことで、若手俳優のファンはかえって熱心になったなんて話もあるし、おさまるべきところにおさまった、って感じなのかもしれない。

『あれは……ジュリエット?』

テレビの中では、あかね塚の男役が長い手足でバルコニーの梯子《はしご》をのぼっている。人気公演の「ロミオとジュリエット」だ。

ホールの天井まで響いているであろう歌声に、ヘッドホンごしでもビリビリと鼓膜を震わせる生オケ。作り込まれた小道具に、計算されたライトワーク。一瞬たりとも見逃すものかとばかり、贔屓《ひいき》の役者に見入る観客。

何度見てもしみじみ、芝居っていいものだよなと思う。それなりには下積みをやったので地道にレッスンや勉強をするのは苦じゃないけど。それでもやっぱり、こういう映像を見るとウズウズしてしまう。

夕方、いまいち安定しないＷｉ－Ｆｉで妹の澄玲にチャットメッセージを送った。通信速度はもったりしして遅いけど、これでも他の保護区に比べれば恵まれた方らしい。まあこの点ばかりは東京プリズンに感謝だ。

「澄玲、ＤＶＤありがとう、どれも面白かった」

『そうでしょ。お兄ちゃんのためにいいのを選《よ》りすぐったからね』

澄玲は役者志望だったオレの、子供のころからの理解者でもある。小学校の授業で見た『ライオンキング』に感動して児童劇団に入りたいと言ったとき、親を説得するのを手伝ってくれた。マネージャーとか友達とか両親とか、連絡が取れる時にはまめに取ることにはしてるんだけど、でも一番頻繁《ひんぱん》にメッセージをやり取りするのは、この妹だ。

咲楽ってさ、シスコンだよな。そう言われることがある。……というか、しょっちゅう呆《あき》れられている。そして別に、オレはそれを否定しない。

幼児の頃からいつだってお兄ちゃんお兄ちゃんと後ろをついてきた妹だ、かわいくないわけがない。澄玲が近所の悪ガキにいじめられた時には、返り討ちに遭《あ》う覚悟でやり返しに行ったし、十五で高倍率の志望校に受かった時は、本人よりも親よりもオレが泣いた。

『また何か送ろうか？　欲しいものある？』

「うーん、それよりは舞台に立ちたい」

『ああー、それはウィルスが制圧されるまでの辛抱《しんぼう》だよ、我慢しなさい。お母さんに伝えとくね、お兄ちゃん元気だったよって』

「うん、サンキュー」

『そういえばお兄ちゃん。約束、覚えてるよね』

「当たり前だろ」

『良かった。休業中とはいえ、役者は体が資本だからね。こんど野菜ジュースか何か送るからちゃんと飲んでよ』

「わかったわかった。仕事どうだ？」

『大丈夫。先輩がかわいがってくれるから楽しいよ』

つらつらとそんな風に会話は続いた。昔は本当に小さくて頼りなかったけど、今はずいぶんしっかりして、喧嘩になるとやり込められることも多い。

最近は、ちょっと会話するだけで何となくシンミリしてしまう。……すっかり老《ふ》け込んだ心境になっちゃって、これも隠居みたいな暮らししてる弊害《へいがい》ってやつだろうか。


ゆうぐれウィルスの流行から二年。長いようであっという間だった。

ニュースで聞く限り、完全制圧への決め手には欠けるものの「小康状態《しょうこう》」にはなっている、らしい。厄介《やっかい》な変異をするような様子もなく、とりあえず女性や子供の安全は今後も守られるだろうというのがお上の見解だし、ウィルスに関して、いくつかは重要な発見もあった。

それを祝してレセプションが行われる、と知らされたのは、富士の樹海にジメっとした雨が降ったある日だった。

　妙なところでアナログな特区では、重要な知らせは「お手紙」として部屋のポストに届く。放送だと、見ないやつは見ないからだ。

　３０５号室に届いた紙には「特殊顔貌保護政策の成功と発展を祝したレセプションのお知らせ」と書いてある。多分これも「イケメン・レセプション」とか安直な感じで称されることになるんだろう。

「ふーん。パーティーかあ。……食堂で噂になってたのってこれの事だったんだ。俺には関係なさそうだけど、でもマスコミがここに入るのってはじめてじゃない？　けっこうビッグニュースになりそう」

　育斗が自分のベッドに腰かけて、『お手紙』に目を通している。

　オレが住んでいるのは三人部屋だ。わりときれいだし、それぞれのスペースがカーテンで仕切れるようになっていて、ちょっとしゃれたシェアハウスの一角と言われても通りそうな空間。真ん中部分に小さなテーブルがあって、実家から送られてきたものを一緒に食べたりする。

　網走《あばしり》あたりには新兵訓練施設のような十二人部屋などというものがあるらしいけどそんなところに入ったら多分三日でいやになると思う。

「……おどろいたな。でもこれって完全にアイドル総選挙じゃないのか」

育斗のほかに、ルームメイトがもう一人。こっちは偶然にも古くからの顔なじみだ。

舞台の衣装を担当してもらったこともあるスタイリストの小笠原高臣《おがさわらたかおみ》。

ワイルドな無精ひげがよく似合うので「おっさん」が通称になっている。

いかにもな業界人風ではないけれど、ほどよく遊び慣れてるというか万事において余裕があって、昔ちょっと憧《あこが》れていた。今はもう慣れ親しんだおっさんだけど。

仕事もデキる人で、ともすればコスプレ的だが、独創的で攻めに走った衣装をコーディネイトするので人気がある。時代物を思い切ってパンクにしたり「ムチャする系」のスタイリストとして指名もよく入るらしい。

「うん。仮にも国が、こんなミーハーなことをやっていいのかなぁ。カタいんだか緩いんだかよく分かんない行事だね」

レセプションは会食と表彰ごと、それにテレビの取材を入れての会見を、センタータワーのホールで行うらしい。要するに功労者を称《たた》えるパーティーだから、誰でもかれでも出席できるわけじゃない。お役人や研究者、それに施設内で活躍したイケメンが特別に招待される。感染の心配がない女性であれば、身内を一人招待してもいいそうだ。

要項に目を通した育斗が呆れる気持ちも分からないでもない。

「芸能関係者の招待に関して」と書かれた部分にとんでもない表記がある。

『期日までの一カ月、当該サイトの配信映像への反響を集計し、もっとも得点の高かった者を一名、招待するものとする』

要するに「イケメンチャンネル」ので視聴率一位をとったタレントをレセプションに呼ぶよ、ということだ。まさにアイドル大レースとしか言いようのないものなんだけど、まあでも施設内でできる芸能活動は限られているから、実績のもっとも高い芸能関係者を呼びたいと思ったらこうなるのかもしれない。

「オレ、これ……出られないかな」

プリントにじっと視線を落としながら、言った。

「いや咲楽ぁ、それは普通に無理だろう」

「うん。無理だね」

ルームメイト二人の反応は早かった。

「……二人とも冷たすぎない？」

そこまでばっさり否定しなくてていいのに。

「いや無理じゃないか。おまえ、佐橋歩夢や大塚零士《おおつかれいじ》に勝てるか？　なあ」

「うん、無理だと思う」

おっさんと育斗は失礼なことを言って、うんうんと頷《うなず》き合っている。

「でもどうしても出たいよこのパーティー。同伴者つけられるんだろ？　オレ、妹をここに呼びたい。久しぶりに会うチャンスだし」

「……シスコン」

二人の声がそろった。しかしオレは別に、シスコンと言われてもかまわない。多少なりとも自覚があるので別に悪口ではないのである。

「そんなにかわいい妹ならさ、いいかげん写真の一枚でも見せてみろよ。気になってきたわ俺」

「断る」

何が悲しくて、かわいい妹のプライベート写真を富士の樹海に住んでるおじさんに見せなくてはならないのか。

「……まあいいけどさ。にしても、レセプションか。どんな奴が呼ばれるのかね？」

「あ、俺さっき食堂で聞いたよ。もう何人か内定してるんだってさ。早津葵《はやつあおい》とか島尻圭太《しまじりけいた》だって」

「おいおい、ビックネームばっかりじゃねえか」

早津葵は施設にいながら執筆した作品で直木《なおき》賞をとった作家、島尻圭太も同じように施設内の運動場で専門スタッフ立ち会いのもと、公式記録を出した中距離走の選手だ。

これは確かに、ちょっとやそっとじゃ招待は難しいかもしれない。

「VIPの集まりってやつだな、ますますキッツいじゃんよ」

「あのイケメンチャンネルって、確かアクセス数出るよね？　咲楽のチャンネルって今何位くらいなの？」

「……まあ、そりゃ知名度的に仕方ないんだけど、三〇〇位以下」

いくらマメに更新してもトークの腕を磨いても、舞台役者がテレビの有名人に勝てるほど、世の中甘くないのである。

「でもどうにかして一番が欲しいんだよなあ……澄玲にも会いたいし、やっぱりハクが欲しい。何かこう、ガッと注目が集められる手ってないかな」

「ここの誰かとコラボでもすれば？　漫才やるとか」

「……そんなセンスはないと思う……」

スタンダップコメディやお笑いの動画は勉強がてらよく見るけど、できるかと言われたら別の話だ。あれは一朝一夕《いっちょういっせき》でどうにかなるもんじゃない。

「じゃ手品とか？　あ、料理は？　レシピ動画って人気あるよ」

「オレが死ぬほど不器用だって知ってるだろ……育斗、一緒にイケメン料理教室でもやってくれる?」

「やだよ。まあ芸能界に憧《あこが》れないわけでもないけど、オレの夢はスーパー保育士だからさあ」

「だよな……となると……んー、参った」

イケメンパニックから二年。若手として大事な時期、まったく舞台にもカメラの前にも立たなかった。施設内にいると、どのタレントも割と危機感なく好き勝手に過ごしているのでつられてユルみそうになるけど。しかし彼らは人気があったり事務所が大きかったり、スキルがズバ抜けていたりする。外に出たら間違いなく差が広がるだろうし……それを考えてもやっぱり、一応は国の文化事業の一環でもあるこのレセプションに出たい。

「ふーん……なあ。ところで咲楽。おまえってゲーム好き?」

黙って話を聞いていたおっさんが。顎《あご》のあたりをなでながら尋《たず》ねた。

「……?　うん」

そこまで夢中ではやらないけど、暇《ひま》つぶしによくやる。

「へー、よし」

どういう意味合いの「よし」なのかは分からないけど、おっさんは何か思いついたようにうなずいて立ち上がった。

「ちょっとした差別化をはかればいいんだろ？　俺に一つ考えがある。どこまでやれるか分からんが、おまえを少しなら、出世させてやるよ」

翌日。

「おい咲楽。お前これ着て動画配信してみないか」

おっさんが出したのは一枚のデザイン画だった。

細身のシルエットだけど、あちこちに金属パーツがついているハードなジャケット。ところどころに鮮やかな差し色が入っているのはおっさんのデザインの持ち味だ。使う布の種類なのか、よく分からない注釈のようなものが入っている。

「これ……何？」

「おまえの衣装」

「は？　衣装って」

確かにおっさんは、スタイリングだけでなくデザインも手がける。今でも頼まれて、外の劇団や映画製作の現場に衣装を提供していた。

「いわゆるあれだ。二・五次元。知ってるだろ？」

「そりゃ、知ってるけど」

漫画やアニメのキャラをリアルに再現した、限りなく二次元に近い演目のことだ。イケメンパニックの初期、第何次なのかは分からないけどに確かにブームの兆《きざ》しはあって、事務所にいくつかオーディションの案内が来ていた。結局どれも受けられなかったわけだけど。

「あ、これってもしかして『東京ブロンクス』のリク？」

育斗がひょいっと覗《のぞ》いて声をあげた。

「あ、確かに……」

言われてみればその服には見覚えがあった。家庭用ゲームのビックタイトルの主人公とよく似たものだ。

「そう。そのゲーム、舞台化の話があって、衣装で参加しないかって言われてたんだけど、イケメンパニックのとばっちりで制作中止になったんだ。プリズンでどうにか作って配信公演でもできないかと思ってあちこちかけあったんだけど、なかなかそういうのも厳しくてな」

「へえ……」

おっさんがそんな野望を胸に秘めていたなんて知らなかった。

「たまには学生時代でも思い出して手作業で服でも作ろうかと思ってたところだったんだ。材料も届くことになってるんだけど、お前、着ないか」

そう言われて改めて見つめるデザイン画は、舞台で動くこともきちんと考慮しているのかステージ映《ば》えしそうな色形で、部分部分にきちんと可動性も確保されている。何より……かっこいいと思った。舞台には立てなくても、着てみたい。

「いいじゃん、このキャラ咲楽に似てるもん、絶対似合うよ！ 俺も手伝おうか？ 大学の頃、家政科の友達の課題手伝ったことあるから、お裁縫できるよ」

育斗も乗り気だった。やってみる、いや、やりたい。ごく自然に、そう答えていた。

というわけで、305号室の「二・五次元プロジェクト」が始まった。

ゲーム「東京ブロンクス」の設定はこうだ。

20XX年の東京、渋谷《しぶや》のど真ん中にある日突然、『大樹』と呼ばれる桜に似た木が生える。青白く発光するその木からは致死率一〇〇％のウィルスがまき散らされた。

罹患者《りかんしゃ》の、特に男性の身体に絡《から》みあった枝のような不気味な斑紋《はんもん》があらわれるため「死《し》桜《ざくら》の病《やまい》」なんて呼び名がつき……。

しかしなぜか、『十九歳十一カ月の男子』だけはそれに罹患しない。

政府は都内一部地域を放棄し、封鎖することを決定する。

渋谷は廃墟になり、ウィルスに感染しない成人手前の男子は「一カ月限定の特殊部隊」として死の街の調査に当たるよう任命される。

主人公リクは、なぜかウィルスに感染しない特異体質の青年「ナギ」を相棒に、このウィスの謎に迫っていくのだった。

というような内容で、とどのつまり割と、現在の「イケメンパニック」に近い内容のゲームなわけだ。壁の向こうに若い男だけがいる、って点も共通している。

廃墟を探索《たんさく》して敵を倒したりアイテムを集めたり、封鎖区域に入り込んだ空気が味わえるアクションゲームで、人気にこたえて続編とかスピンオフとか色々と発売されている。

「こういうのなんていうんだっけ？　メタ？　でも面白そうだよね。実際に東京プリズンにいるイケメン俳優が、スラムのキャラクターになり切るなんて」

育斗がウキウキとそんなことを言いながら、型紙通りに抜いた布に慣れた手つきでまち針を打っていく。もう本当にいつでもお婿《むこ》に行けそうだ。革や金属を加工したり縫い合わせたりするのは大変そうだけど、そこは本職のおっさんもいるわけなのでどうにかなるだろう。

「咲楽、ゲームの方もちゃんとやっとけよ。にわか知識で演ると怒られるぞ」

「分かってるって」

　とりあえずキャラへの理解を深めようということで、アマゾネスで5まで出ているソフトを注文した。

「でもさ、配信する『イケメンチャンネル』どんな内容にするの？」

　育斗に尋ねられて、オレはうーんと考え込む。

　そういえばそこを考えてなかった。

「あ、プレイ実況でもやろうかな。オレ割と好きなんだよねあの手の動画見るの」

「いいじゃん。コスプレで実況って面白そう。最新作の5はこないだ出たばっかだしちょうどいいよ」

「よし、キャラ把握のために4までやって、5は実況プレイにしよう」

　ちなみにオレはこの後見事に「東ブロ」にハマり寝食を忘れてやりまくり、セリフを覚えるどころかアイテムの配置から何からすべて暗記しておっさんたちに怒られた。できあがった衣装はそれこそ、二次元と三次元の間って感じで最高に出来が良くて、これを着て舞台に立てたらどんなにかいいだろうなあと、正直思った。

イケメン総選挙が始まっても、東京プリズン内はいつも通りだった。

当たり前のように芸能人が行き来し、当たり前のように有名人が談笑し、当たり前のようにSWATが出動する。

もっとザワつくのかなと思ったけど、実際にはまったくのいつも通りだった。廊下で行き合って火花を散らすとか、そういうマンガみたいなこともない。

二年ぶりの露出ということでもっとガツガツした争いになるだろうと思ったのに拍子抜けだ。事務所が大きいタレントはわざわざたったの一枠を争ったりはしないものなんだろうか。

……と、思いきや。

「ただいまー」

その日、いつものように夕飯と入浴を終えて部屋に帰ってきた育斗は、オレのベッドにかけられたカーテンを開けて勢い込んで言った。

「聞いて咲楽、いろいろ情報収集してきたんだよ。なんかね、みんな割とあっさりしてるように見えて、本気度高いヒトたちもけっこういるんだってさ」

「そんな話どこで仕入れてきたんだよ？」

自分のスペースから顔を出しておっさんが尋ねる。

「大浴場のサウナ。他人の話を聞きながらずーっと入ってたから死ぬかと思った」

「ありがとな……そんな体を張って……」

そういえば育斗は顔が赤くて全身ほっかりしている。東京プリズンの名所の一つに、巨大スーパー銭湯のような浴場がある。オレはいつもシャワーブースでサッと済ませてしまうけど、女子力の高い育斗は打たせ湯から何からフルコースで入るのだ。

「実績が上がりきらない時期に入所した若手は割とガチめなんだってさ」

「誰がそんな話してたんだ？」

「『カモネギバーベキュー』の二人。お笑い芸人の話術はさすがだね、世間話なのに聞き入っちゃったよ」

東京出身の、やたら尖《とが》ったネタをやることで有名なお笑いコンビである。

「あとね、むしろ「外」の子たちの本気度がヤバいって。何が何でも自分の『推《お》し』を一位にしてやる、ってサイト作ったり動画編集して拡散したり」

「それはますますオレには分《ぶ》が悪いな」

一人あたりの持ち票は決まっているとはいえ、やっぱりこういう時に頼りになるのはコアなファンだ。アイドル総選挙の常識である。

「それからさ、声優の北口優《きたぐちゆう》っているじゃん？　なんか極秘でマネージャーと結婚してるんだってさ。奥さんに会いたいから頑張ってるって」

「それはまたものすごい情報を仕入れてきたな……」

芸能記者顔負けの調査力におっさんがおののいている。一般には決してオープンに出来ない配偶者に、唯一《ゆいいつ》会えるチャンス。そういう事情のある人間もいるのか。

「一口に有名人って言ってもさ、人生いろいろだよね」

「妹に何が何でも会いたいシスコンもここにいるわけだしなぁ」

「……何だよ。オレだって本気だぞ」

しかし譲るわけにはいかない。

オレの第一回収録は明日だ。うまくポイントが取れるだろうか。


「それじゃ、我らが咲楽の大健闘を祝して」

乾杯、と育斗が缶ビールを持ち上げ、おっさんがそれに続いた。オレは一滴たりとも飲めない下戸《げこ》なのでウーロン茶だ。育斗のお姉ちゃんたちが送ってくれた肉を、ホットプレートで焼いている。305号室にはもくもくと煙が立っていた。

レセプションへの出席をかけていよいよ始まった「イケメン総選挙」。

期間は一カ月で、各人四回まで番組を配信できる。視聴者は一日五回までのクリック投票が可能で、もっともポイントの高かったものが「プリズンを代表する芸能人」としてパーティーに出られる。

「しかしさすがにあの順位にはたまげたな。やるじゃないか咲楽」

結論から言って、オレの順位は一気に五〇位近くまで上がった。

二年前、毎日のようにテレビで目にしていたバラエティタレントたちとも大差ない得票数で、これにはオレも正直驚いた。舞台中心の無名役者としては快挙だ。おっさんはスタイリストとしては有名だし、ゲームの知名度も大きく作用したのは確かだろうけど、まさかここまでとは。

「おっさんのおかげだよ」

「咲楽、俺は、俺」

「うんうん、あと育斗のおかげだよ」

閉鎖された施設の中でインドア趣味の極みでもあるゲーム実況をわざわざやるというのは逆に新鮮だったらしく、女性はもちろん男性からも割と支持された。ゲームの実況動画だけでひと財産作る動画配信者もいるってくらいだし、オレたちはもしかすると、けっこうな金鉱脈を掘り当てたのかもしれない。

「コメントの数もすごかったもんね。あとたまに真似するセリフとか表情が異様に上手《うま》かった。『リク』が乗り移ったみたいで」

「まあそりゃ、役者ですから」

「いや、単にゲームが好きすぎただけだろ」

育斗は素直に感心しているが、おっさんは苦笑いしている。たしかにドはまりしているゲームだから実況にも熱が入ったし、キャラもよく再現できた。ただそれでもやっぱり、やっぱり誰かになり切るというのはシンプルに楽しかった。そしてそれをネットの向こうで誰かが見る。舞台ほどの近さでもないし緊張感もないけれどそれは間違いなく、面白いことだと思う。

「でも多分さー。このままじゃ一位は無理だと思うよ。まだまだ上に何十人もいるんだもん。ミュージシャンは新曲作って生演奏してくるだろうし、ガンガンしかけないと勝てないよ」

「ここからもっとインパクトのあることしていかないとってことか、キッツいねぇ」

育斗とおっさんはビール片手にそんな相談をしている。

確かに、いくら面白いゲームとはいえ全四回の放送を実況だけでつなぐというのも芸がない気がした。

「何だろう」

三人でいいネタを出すべく、思い切り考え込んだ。思いつかない。

ぱちぱちと肉の焼ける音と沈黙がしばしつづいた、その時。

「……いい案があるんだけど」

背後から突然に声がした。

「ぎゃあああああ！」

育斗がかわいそうなほど驚いて正座のまま背筋をピンと伸ばす。

「あ、お邪魔してます」

「お邪魔してますじゃないよ、ダレだよあんた」

おっさんが育斗の大声に耳をふさぎながら、とつぜん現れたその人物を足でちょいと蹴った。

部屋の片隅で正座をしているのは、怪《あや》しいにもほどがある風体《ふうてい》の男だった。

首周りの伸びたTシャツに、ダメージデニムというより単に破れたズボン。

とんでもないボリュームの髪が邪魔して、顔がほとんど見えない。

「あ、片桐映太郎《かたぎりえいたろう》」

「育斗知りあいなの？」

こんな得体《えたい》のしれない奴と、という一言はどうにか飲み込んだ。

「うん。ていうかけっこう有名人じゃん。天才プログラマーでしょ。プリズン内でアプリ作って儲《もう》けまくってるって。このヒト、ふだん個室から一歩も外に出ないって聞いて心配でさ。一回フロ場で、部屋の掃除とかどうしてんの、って聞いたことがあるんだよ。そしたら普通に無視された」

「おまえチャレンジャーだな……」

おっさんがいっそ尊敬でもするような口調で言った。

育斗の世話好きはさすがだ。オレだったらこんな怪しい奴に声をかける勇気なんて出ない。

「僕ね、仕事以外じゃ人見知りなんだ……すごく……あの節はごめんね……」

人見知りで部屋から出ない天才プログラマー。キャラが濃い。異様に濃い。

ただここに入ったということは間違いなくイケメンなので、もっさりした髪を刈ったらきちんと整った顔が出てくるのだろう。

「刈りてぇ……」

スタイリストの血が騒ぐのか、おっさんが毛刈りへの欲求を隠しもせず呟いた。

「それで本題なんですけどね……」

どうやらかなりマイペースのようで、映太郎は構わずに話をはじめる。

そろえた両膝《ひざ》をちょんとオレの方に向けた。

「君のイケメンチャンネルでの人気を少し後押ししてあげようと思って」

「……どうやって？」

プログラマーの仕事はあくまでアプリ開発で、タレントプロモーションは専門外のはずだ。

映太郎はぼそっと切り出した。

「湖川咲楽君、バーチャルアイドルになる気はない？」

バーチャルアイドル。よく聞くフレーズではあるけど突然言われてもいまいち分からない。

「正直あんまり詳しくないんだけど……なんだっけ、二次元のキャラとは違うの？」

「定義も種類もいろいろなんだけど、とりあえず僕がしようとしてることを説明するね……君のデータをサンプリングして、人工知能をのっけて、半分電子で半分人間のデジタルアイドルを作りたい」

「ごめんよく分かんない」

オレと育斗はぷるぷると首を振る。おっさんはもっと分からないようで、思い切り眉をしかめていた。

「仮想現実の世界で君を動かしたいんだよ……。VRって分かる？」

「それなら分かる。ゴーグルかぶるとすごいリアルなゲームができるやつ」

「そうそう……。僕ね……それで一発当てたくて。成長分野だから……っていうか、むしろ乗り遅れちゃってるくらいなんだけど……実際に触れたり、同じものを目で追ったり、会話したり。まあそういうことができるキャラクターを作りたいんだよ。もちろん映像は一から作ってもいいんだけど、それじゃ普通のゲームキャラと同じだし話題にならないからね……。君のモデルを借りたいんだ。AIはもうシステムが出来てるから、顔と動きと声を貰いたいんだよ。そしたら後は、うまく動くようにプログラムを組むから」

「えーっと」

なんとなくなら分かった。要するにsiriとかselfとかそれ系の、軽い会話ができるAIを乗っけるための見た目を貸せということだろうか。

「でもオレのでいいの？　もっと人気あるアイドルとか俳優とかいるだろココ」

「……あいつらはギャラと気位《きぐらい》が高く、ファンが多くて面倒くさく、事務所が横柄《おうへい》で、権利関係にうるさい。君くらいがちょうどいい……」

「今すっっごい失礼なこと言われたよなオレ」

「うん」

育斗がうなずく。

「そう言わないで考えてくれないかな……。当たると思うんだ。この施設は壁に囲まれた男の園……そこのイケメン男子と疑似恋愛ができるって面白いと思わない？　それに、配信日が決まってるイケメンチャンネルと違ってさ……バーチャルアイドルならいつでもお楽しみいただけるわけなんだけど……」

それを聞いてぴくりと思わず、肩が動いた。

なるほど、よく考えたらちょっとおいしい話かもしれない。決められた時間しか露出ができない競争相手とちがって、誰かにとっての「いつでも会える」「自分だけの」アイドルになるっていうわけだから。

「それ、二週間くらいでどうにかならないの？　投票の締め切り日までに作ってよ」

育斗が思いっきり無茶を言った。

「とんでもないこと言うなよ……普通は数年かけてやるんだぞ……。と、言ってやりたいところだけど」

映太郎はもっさりした毛の奥でニヤリと笑った……ような気がした。

「簡単なものなら、できなくはない。君が協力してくれるなら、だけど」

「マジか！　天才すっげー！」

「……驚いたな」

育斗とおっさんがぎょっと目を剝《む》いた。

時代はそこまで来てるのか、とオレも驚く。

「実はここでプログラマー雇って、会社組織でやってるんだよね……。顧問弁護士と会計士と、それにエージェントがいるから、事務所とはそっちに交渉してもらうよ。肖像権とか広告収入の分配とかややこしいんだけどさ。まあウチのスタッフは敏腕だから間違いなくOKでしょ……ふふ、やった」

この男は意外とやり手らしい。個人投資家あたりの存在は知ってたけど、プリズン内で起業《きぎよう》ができるなんてのは初耳だ。イケメンだらけのIT企業ってことになるんだろうか。

「ていうわけで今日これからさっそく、顔のパーツとモーションのデータ取っていい？大丈夫、すぐ終わるし痛くないから」

「う、うん」

映太郎はバッグから、コードつきの電極のようなものを取り出した。それがモーション・データの取り込み用の器材だというのはなんとなく分かる。だけどこの男がそれを手にしてにじり寄ってくると、改造でもされそうでどうにも怖かった。

「うわ、本当にオレだ……」

わずか十日ほどで本当に、映太郎はモデルを完成させて305号室に届けてきた。

VR彼氏「湖川咲太郎」。名前は咲楽と映太郎をくっつけて決定した。

映太郎の部屋はよく分からない機材に囲まれた、昔の九龍城《クーロンじょう》みたいな魔窟《まくつ》だったんだけど。そこでヘッドセットとアームカバーのようなものをつけて、日常の動きをできるだけ自然にいくつも撮った。顔の写真も何枚も撮られた。

『おはよう。ぐっすり寝てたな。コーヒー飲む？』

オレがオレの姿でオレの声で、ゴーグルの向こうの視界で動いている。

音声まわりだけは間に合わなくてごく簡単なあいさつや返事程度しかできないらしいけど。それでも字幕でそれほど破綻《はたん》なく、会話ができる。立ったり座ったり、細かな仕草も同じ。まだ背景も殺風景だけど確かに、もう一人の自分がそこにいる。正直ギョッとした。

確かにCG特有のぎこちなさは残ってるけど、自分とまったく同じ顔が、勝手に笑ったり怒ったりしてるわけで……鏡像が動いたような一抹《いちまつ》の怖さもある。

「すごい……本当に二週間足らずで作ったのかこれ」

「うちのスタッフに特急料金払ったからね……今僕の部屋、死屍累々《ししるいるい》だから立ち入らない方がいいよ……」

いったい何徹させたのか、怖くて聞けない。

「すっごいな。これがＶＲか……」

ゴーグルを外しながら、おっさんは頭を振っていた。

「咲楽、触っていい？　うわ、頭撫でたら嫌な顔した。これはあちこちつつき回したくなるね。着替えもできる？　脱がしていい？」

育斗は楽しそうにせっせとオレをいじくり倒している。

「いややめて。それはやめて、なんか嫌だ」

オレたちの反応に開発者の映太郎は上機嫌である。

「ふふふ。……それじゃあね、これを無料サービスとして配信するから。湖川君の事務所には承諾《しょうだく》してもらってるし、あとで君も契約書にサインしてね。施設内のイケメンに無料でいつでも触りまくれるとなれば、きっと話題になるよ、あふふふ」

「……その言い方も嫌だからやめてくんない？」

「でも日本じゅうの老若男女が君のことを触り倒してネタにするのは間違いないよ。きっとウケ狙いでおかしな使い方する人もいるだろうね。その分ＳＮＳでバズってくれる可能性も上がるけど」

「……」

確かに、ＡＩやゲームキャラに変なことを言わせたりやらせたりする動画や画像は、ネットのあちこちに上がっている。オレだって子供の頃はロープレの主人公に変な名前を付けては、シリアスなシーンを台無しにしてゲラゲラ笑っていた。

「今更イヤとは言わないよね？」

映太郎が思い切り商売人の顔（見えないけど）になって言った。

「言わないよ。もう好きなだけ触ってくれればいい」

「……その言い方もどうなの咲楽」

育斗は呆れているが、実際もう、好きにしてくれという気分だった。話題と人気は、身体を張らなくては得られないのだ。

「ふふ、まあ心配しないで。利用に関するガイドラインは設定してあるし、あまりにも著《いちじる》しく名誉が棄損《きそん》された時は、うちの弁護士軍団がきっちりカタにはめてくれるからさ……」

さすがＡＩ時代の寵児《ちょうじ》だ。怖い。

「でもさ、なんか興奮《コーフン》するね！　本当にすごいプロジェクトに参加してる気がしてきた」

「結構じゃなくてすごいんだよ……『外』に協力してくれる子会社があるからさ……そこ

から配信してもらうね……」

「そんなもんまであんの……？」

「ふふふ……」

なんか図らずも、ものすごい人物と知り合ってしまったのかもしれなかった。


「おお……すっげぇ……」

敏腕プログラマー片桐映太郎の新作アプリは若手俳優のおさわり系ＶＲ。

オレをモデリングしたゲームは、身も蓋《ふた》もないそんな言い回しで紹介され、けっこうな話題になった。ほとんど前宣伝なしの電撃配信だったのに、いきなりダウンロードランキングで二〇位以内に入った。

「すごいよ、ここのランキング、大作がいっつも上位独占してるのに食い込めるなんて思わなかった」

３０５号室の三人は、食堂のＷｉ‐Ｆｉスポットでスマホを手にして顔つき合わせている。

「しかし、男子を触り倒すゲームを女子が買うのか。時代は変わったねぇ」

「おっさんは頭が固いよ。今時はそんなの当たり前だってば」

育斗がよく言う『女の子は楽しそう』というのはまさしくその通りだ。遊んでるのはほとんど女子で、特に恥ずかしがるでもなく堂々とSNSでスクショが貼られている。それらはハイペースで拡散されていて、オレの知名度アップに一役も二役も買っていた。

映太郎はすっかりやる気で、追加コンテンツで「屋外デート」を可能にすると張り切っている。バーチャル世界のオレは一体どこに連れ出されるのだろう。

「やったね咲楽。一気に有名人じゃん」

「うれしいけど、やっぱ複雑だな……」

「いいじゃん。みんな咲楽が大好きなんだよ。コーヒー淹《い》れてくれるし、触らせてくれるし、添い寝してくれるし」

「ゲームの世界の話な！」

「でもすごいよね、二・五次元役者になって、ゲームキャラになって、なんか大忙しじゃん？」

「そうだよな。オレはここの施設から一歩も外に出てないのに」

舞台の仕事が多く、基本的には目の前にいる観客を意識して芝居をしてきたので、自分のまったく知らないどこかで自分が消費されているというのはやっぱりまだまだ不思議だった。別に嫌ではなく、新たな仕事ができたことが嬉しいし、せっかくだからいろんな人に楽しんでほしいという気持ちもある。別にウイルス対策が上手くいかなくても、案外このまま、電子の配布物としてしばらく活動できたりするんじゃないか。なんて縁起《えんぎ》の良くないことまで、ちらりと考えた。

「……いやいや、やっぱり外には出たいよな。舞台は外じゃないと上演できないんだから」

ぼそぼそと呟きながら、自分のスマホを見ると澄玲からちょっと長めにメッセージが届いている。

『お兄ちゃん、なんかすごいものが出たね……まさかＶＲキャラクターになってるとは思わなかった。私の友達もダウンロードしたって言ってたよ。日本じゅうあちこちにお兄ちゃんがいると思うと変な感じ。私は照れちゃうからさすがにやらないけど。でも大人気みたいで良かったね』

映太郎との契約で、ＶＲ化の計画は配信まで身内にも黙っておく決まりになっていた。オレ本人も複雑だが、妹にしてみればもっと複雑だろう。兄が数千数万の女性に好きだの愛してるだの言いまくっているわけだから。

「黙っててごめん」

そう入力すると、すぐに返事が来た。

『いいよ、そういう契約なんでしょ？　でも嬉しい。本当に約束が叶《かな》うかもしれないね』

そうだ。澄玲との『約束』のためにも、オレは立ち止まっちゃいられない。一位を取らなきゃいけないし、いつかは外にだって出なくちゃいけないし、もっと活躍しなくちゃいけないわけで。

祈るような気持ちで、総選挙の順位が掲載されたサイトを開いた。

信じられないことに、七位まで順位が上がっていた。

「すっげ！　やったじゃん咲楽」

「おー……。おまえすごいな」

おっさんがワシワシとオレの頭をなでる。

「しかしなあ、こうやって何もかもデジタルやらAIやらになってくのかねぇ。手作業で衣装作ったり採寸したり布選んだり、そういう手間暇《てまひま》もCGがありゃいらないのかもな」

スクロールされていく画面を見ながら、ちょっと寂《さび》しそうに言った。

「そんなことない。おっさんの衣装には、魅力があるよ」

舞台役者としては、ちょっと聞き捨てならなかったのでつい、熱が入った。

「そうだよ、そんな何もかも電子化されるわけないじゃん。人の手による作業の需要は消えないって大学の授業で習ったよ」

育斗も重ねて言う。

「なんでお前らが俺を慰《なぐさ》めるんだよ」

弱気なことを言ったのが照れくさいのか、おっさんは片眉をさげて苦笑いした。


「最近調子いいらしいじゃん？」

ジムの片隅で佐橋歩夢に声をかけられたのは、一週間後だった。

『イケメン総選挙』の投票締め切りまであとわずか。

オレの順位は相変わらず一〇位以内をフラフラしている。三位以内に入ったことはないけど、鋭意制作中の追加コンテンツが間に合えばちょっとは得票増が期待できる……かもしれなかった。佐橋の方は、人気アイドルグループのリーダーに続いて二位につけている。

「よく考えたよね。二・五次元とか、ＶＲとかさ。俺には分かんない世界だわー。なんか作家でもついてんの？」

ベンチに座って休憩しているオレと育斗を見下ろすような格好で、あいさつもなにもなく言いたいことだけを言い放っている。つぶらな目に朗《ほが》らかな声……でありつつ、語尾に隠しきれない棘《とげ》があった。普段なら話しかけるどころか視界にも入れないはずのオレをわざわざよびとめたのは多分嫌味が目的で……でももしかして、多少の焦《あせ》りがあったりするからだろうか。

「別に……仲いい奴が協力してくれてるだけだよ」

「ふーん。一般人といつもつるんでると思ってたけど、いつの間に協力者となんて知り合ったわけ？」

佐橋はちらっと、オレの隣の育斗を見た。

育斗はこれで結構気が強いのでひるまない。散歩でカチあった小型犬がにらみ合うように、二人は一瞬だけ視線を合わせた。自分に対して媚《こ》びを売らないタイプの人間だということがそれだけで伝わったんだろう、佐橋はすぐに目をそらす。

「ところでさ。モデル紹介してほしくない？」

「何の話？」

子犬のような顔で唇の端だけ上げて、俗っぽく微笑んだ。いや俗っぽいとは言ってもそこは朝ドラ役者なので、十分に爽《さわ》やかで人懐こい。そんな顔のまま、いともあっさり言う。

「俺今、間下《ました》シェリと付き合ってんだよね」

ギョッとした。

私生活が派手な事で有名な雑誌モデルだ。「国民の弟」の交際相手としては奔放《ほんぽう》すぎる。バレたら、ひたむきで品行方正なイメージにはかなり傷がつくだろう。

「あ、知らなかった？　記者には金摑ませてもみ消してるけど、けっこう有名な話なんだけどな。舞台の役者サンは真面目《まじめ》だね」

遠回しに、メインストリームにいない自分への揶揄《やゆ》が入っていた。性格がアレというのはどうやらいよいよ事実みたいだ。育斗が「うわ」とオレにしか聞こえないくらいのボリュームで露骨にヒいた声を出す。

「シェリの奴がさあ。久しぶりに俺に会いたいってうっせぇの。だからあのレセプションにどうしても呼んでやりたいんだよね。でさ、湖川君だっけ。三石美羽《みついしみう》とかさ、好きだったりしねぇ？」

突然、たまにテレビにもでる別のモデルの名前が出てきた。間下シェリに勝るとも劣らない美人だけど、無礼で高飛車なことで有名な。

「……ごめん話が見えない」

「察しが悪ぃなあ。手を引けって言ってんだよ」

その意味を理解するのにまた、数拍の間が必要だった。

総選挙を辞退するか何かして、とにかく一位を確実に自分に譲れ。言いたいのはそういうことだろう。そしてその見返りに、モデルを紹介してくれるらしい。

「美羽はデザイナーとか社長とか、大物としか遊ばない女だからさあ。こんな機会めったにないよ？」

言外で『お前のような売れない役者には一生手の届かない女だぞ』と伝えたいのは、嫌でもわかった。特別な怒りや苛立《いらだ》ちはない。こういう扱いには慣れっこだ。「今回だけは我慢してくれ」と言われて大手事務所の新人に役を譲って、その代わりおこぼれのように小さな仕事をもらったり、そんなことはいくらでもあった。

だから静かに、言ってやった。慣れっこだから、いちいち激しくは反応しない。

「それは無理だよ。小笠原のおっさんも片桐映太郎も協力してるし。それに」

怒りや苛立ちはない。だからと言って、へらへら笑ってごめんねと謝るつもりもなかった。

「オレも会いたい人がいるから、一位が欲しいんだよね」

「シスコン……」

育斗がつぶやく。さっきの「うわ」より余程ヒいた響きなのが、ちょっと納得いかない。

佐橋は特に感慨《かんがい》もなさそうに肩をすくめた。

「ふーん。そういうことならまあいいや。せっかくキワモノっぽくて面白い役者だと思って声かけてやったのにな。こっちもキワモノに負ける気ねぇから本気でいくわ。二次ヲタだけが世間だと思うなよ」

捨て台詞《ぜりふ》にしても悪趣味な言葉だけ残して、去っていく。

顔といい口調といいあまりに悪《あ》しざまで小生意気だったので、育斗と二人、数秒呆気《あっけ》にとられてしまった。

「なんとなく知ってたけど、すっごい性格……。咲楽、芸能界ってあんなのばっかり？」

「オレからは何とも言えない……」

実際、あのくらい裏表のあるタレントというのは珍しくはないんだけど、しかしまさか「国民の弟」の異名をとる朝ドラ俳優からじかに食らうとは思わなかった。

「でもかっこよかったなー咲楽。『会いたい人がいるから』って、ドラマみたいな台詞《せりふ》」

「実際に会いたいんだから仕方ないだろ」

「シスコン……本当にシスコン……」

いよいよ本気で恐ろしいという様子で身震いまでしながら、育斗が呟く。

「でもさ、本気でいくってまさかコネでも使って不正する気かな。なんか大物の知り合い多そうだし」

「いや、あれは不正は出来ないはずなんだよ……弁護士立ち会いのもとでデータ集計するって言ってたし」

すでに四回の配信を終えてるオレとちがって、佐橋にはあと一回が残っている。

そこで何かを仕掛けてくるつもりなんだろうか。

ただ、クリーンでお利口なイメージで売ってる以上、あまりぶっ飛んだことはできないはずだ。一体なにをする気なのか、想像もつかなかった。


二・五次元・AI・VR。予期せぬ成り行きとはいえ、新しめのトレンドを武器にして順位をあげたオレにとって、佐橋歩夢の「その」やり方は、ある意味完全に「裏をかかれた」ものだった。

いや、本来はこれが正攻法なんだと思う。

『突然こんなこと言ってごめんなさい、あの、えっと……』

オレと育斗は言葉もなく、その映像に見入っていた。

佐橋が泣いている。おっとりと垂れ下がった目尻に、ちょっと赤くなった鼻。詰まった声に真摯《しんし》な語り口……それは誰がどう見ても完璧な好青年であり、同時に完璧な『泣き落とし』だった。あの嫌味《いやみ》ったらしい性格を知った後ではポカンとするほかない。

『どうしても母を呼びたいんです。もう高齢で、父が亡くなってて、身体も弱くて……この機会を逃したら一生会えないかもって思ったら、いてもたってもいられなくて、だから、どうかレセプションに呼ばせてください』

昨日配信されたばかりの「イケメンチャンネル」だった。

時折ぐすっとしゃくりあげ、ごしごしと目をこすりながらの、実に直球な「お願い」が繰り返されている。

「こっれは……ズルいよね……」

「……役者だな、一周まわって感心したよオレ」

人の手による仕事はなくならない。世の中の何もかもが電子化されたりしない。おっさんに向かってオレたちが言ったのと似たようなことが、皮肉にもこの勝気な俳優の手によって証明されていた。人間は身近でウェットな感傷、わかりやすいお涙頂戴《ちょうだい》に、まだまだ弱いのだ。ポイントが見る間に爆上がりしている。

佐橋が呼びたがっているのが本当に体の弱い母親なら、オレだって別に怒りはしないだろう。

だけどあれは嘘で、実際に招待を受けるのはモデルの彼女だ。全国民騙《だま》す気だと思ったら腹が立つけど、しかし文句を言う気も微妙に萎《な》える。オレにはとても、そんな度胸はないからだ。

「『国民の弟』にこんなこと言われたらなあ、そりゃダレでもグラっとくるよね。好感度逆手にとって、ずっるいなあ」

育斗がずるずるとメロンソーダを飲みつつ、露骨にイヤな顔をした。

悔しいけど芝居はごく自然でうまかった。まさかモデルの彼女とよろしくやる気だなんて、誰も信じないだろう。

二人そろって、はああ、と大きなため息が出る。

映太郎の開発は順調らしいけど、これは勝つのは厳しいかもしれない。どうする？　と目と目でなんとなく相談するような間があった。

と、そこへ。

「あ、見るなよー。恥ずかしいじゃん。名演技だろ？　オレ」

けらけらと楽しそうな佐橋歩夢の声が降ってきた。

毎回毎回ヒトの頭上から見下ろすような形で声をかけるのはこいつのクセなんだろうか。取り巻きなのか同じ年頃の男を数人連れている。

「てかさーずるくない？　これ全部ウソじゃん。こないだの話とぜんぜん違う」

育斗がさっそく食ってかかった。

「別にウソじゃねぇよ？　ホントのことしか言ってねーもん。オレ親が年いって生まれた一人息子だし、親父も死んでるし。まあ体調が悪くてオカンの出席はきついかもしれないけどさ。そしたら友達に代理出席でも頼もうかな」

「その代役って間下シェリだろ？　最初からそのつもりなんじゃないの？」

パーティーにはカメラは入らないので、関係者さえ口止めすればバレない。そう踏んでいるんだろうか。

「そうだけど？」

本人は悪びれず、実にあっさりと認めた。すがすがしいほどの自己中ぶりに、もはや感心すら飛び越えたような気持ちになった。こりゃかなわない。彼女に会うためにカメラの前でボロボロ泣いて見せるって、むしろ役者は天職なんじゃないだろうか。

「ていうかさ、なんで親兄弟ならよくて彼女ならだめなんだよ？　そこに貴賤《きせん》ってないと思わねぇ？」

「……」

そういう問題じゃない、と思ったけど、あまりに堂々と世間の常識でも説くような口調で言われたので、とっさに言い返せなかった。それに「会いたい人に会うため」でいろいろと策を練っているのはこっちも同じだから、正面から「間違っている」とも言いづらい。

いや、やり方はひどいんだけど。

「恋ってのは身勝手なモンだからさー。ごめんねー」

ひらひらと手を振って、佐橋が去っていく。

「何が恋だよ、ずっるいなぁ」

育斗はおかんむりだけど、しかし「恋」と言われてしまうとやはり何となく、責めたてにくい気はしてしまう。憎たらしい真似をするけど、逃げ道は用意して人を手玉に取って、小悪魔みたいな男だ。

「これはもう、無理かな、一位は……」

育斗が弱気な声とともに息を吐いた。

「まだ何とかなりそうな気がするんだけどな……」

あいつが芝居で全国民をだまくらかしたなら、本当はオレだって芝居で勝ちたい。でもさすがにアレに勝つだけの名演技はできないし、何よりもう、配信の枠が残ってない。オレが自分から外に向かって何かを発信することはできないのだ。

「……澄玲に、頼もうかな」

「え？」

「オレの妹。あいつなら……どうにかしてくれるかも」

相手が『国民の弟』の立場をフル活用したなら。オレはオレの妹に頼む。

本当は嫌なんだけど……でもそれもアリかもしれない。

『お兄ちゃん、待ってよ、おいていかないで』

子供の頃はそうやって、ベソをかきながらオレのあとをくっついてきた妹だ。

でも今は違う。オレよりもずっといろんなものを持っててしっかりして……情けないけど、なんとなく見えてしまう。今日か明日か。オレは澄玲に連絡をとって、頼みごとをして。それで相手に言われるんだろう。「分かったよ、しょうがないなあお兄ちゃんは」

……とかなんとか。

「？　ここで妹？　なんで？」

突然出てきた澄玲の名前に、育斗はいぶかしげな顔で首を傾《かし》げる。

『そろそろ連絡が来る頃だと思ってたよ。お兄ちゃん』

澄玲は昔からカンが鋭い。離れていてもなんとなく、オレが困ってることや欲しい物が分かると言っていた。

『例の投票のことでしょ？　佐橋君、すごかったね』

「ああ、すごかったよ……いろんな意味で」

すでに電気が落とされたカフェテリア、一人でスマホにメッセージを打ち込んでいた。

総選挙はあと三日ほどで終わる。昼間はガヤガヤとなんとなく浮き足立ったようだった食堂も、真夜中はしんと静まり返っていた。

『まあそうだよね、でもあれがなくたって、お兄ちゃんが佐橋君に勝つのは難しいと思ってたけど』

「あ、うん……そうだよな。はっきり言われるとヘコむけど」

『そこでショックをうけないの。もー。仕方ないな。私が一肌脱ぐよ。どうせ、そうするつもりだったでしょ？』

「……いいのか？」

『いいよ。ほかならぬお兄ちゃんの頼みだからね』

「ごめんな、妹に頼る兄ってのも情けないけど」

『ふふ。期待して。出世払いでいいから』

「出世払いか……そうだな。そうなるように頑張るよ」

『うん。約束は守ってもらうから。絶対に』

最後におやすみ、と言い合って、それで会話は終わった。消灯後の薄暗い階段を上ってこっそりと３０５室に戻り、音をたてないように自分のスペースに潜《もぐ》り込む。

うとうとと目を閉じて、まとまりなくいろんなことを考えた。すっかり見慣れた天井に、ここにきて二年か、とぼんやり思う。未来のことは分からない。明日何が起こるかも、一年後に何をしてるかもわからない。もうすっかりケロッとしたものだけど、ウィルスが流《は》行《や》り始めたほんの数百日前には、自分が明日ぶっ倒れるかもしれないと怯《おび》えていた時期も確かにあったのだ。それでも今こうして普通に生きているし、あの時あんなにビビることなんてなかったのかもしれない。

いっそ言ってしまおうか。誰も聞いてないし、ミステリの倒叙法《とうじょほう》みたいに最初に結末をバラすっていうのも乙《おつ》じゃないか。たとえそれが願望に過ぎなくても。眠気がやってくると、ますます頭がトロンとして思考からくっきりした形がなくなっていく。筋の通らないことばかりふよふよと考える。

「投票は大接戦になるし……最終的には、オレが勝つ」

それがこの話のオチだ。どんなに芸術性や前衛性の高い舞台でも、ラストには必ず何かの起伏《きふく》がついている。世の中の物語は八割がたハッピーエンドだ。だから大丈夫。

澄玲とした『約束』をオレは絶対に守るつもりだ。同時に澄玲もまた、一度した「約束」を守る。そういう奴だから。

「なるほどなあ。おまえ、こんな隠し球持ってたのかよ」

翌々日は、イケメン総選挙の投票締め切りの前日だった。

「VR彼氏」の追加コンテンツは間に合ったけど、オレの順位は四位までしか上がってない。これはもう一位は佐橋歩夢で決まりだろうと、誰もが思っていた。

そう、一位は揺るがないと思われていた、んだけど。

「…知らなかった…これが、咲楽の妹」

育斗がしげしげとタブレットに見入っている。

そう。澄玲は本当にオレに協力して、ある『援護射撃』をしてくれた。

『どうか、兄を助けてください』

いつもの三人で、いつもの席で、いつものように顔つき合わせて、配信されたばかりの動画を見ていた。もちろんオレの動画じゃない。

『私は兄と、一つの約束をしました。いつか絶対に……二人で一緒に舞台に立とうねって』

そこにいるのは、湖川澄玲。

オレの『同い年の』妹だ。

『子供のころから。ずっと一緒に役者を夢見て、頑張ってきたんです』

そう。ライオンキングを見て劇団に入りたいと言いだしたのはオレだけじゃない。澄玲もだ。オレがシンバで、澄玲がナラ。あの頃は二人、飽きずにいつまでもお芝居ごっこをしていた。

今や澄玲は、すっかりと人気者になっている。

清く正しく麗しく。

女性による女性のための歌劇団、あかね塚。

その新進気鋭の男役「さくらの玲《れい》」として。

『私は兄を、自分の半身のように思って生きてきました』

かなりハスキーだけど、男性のものとは違うかすかに濡れたような声。

オレと澄玲は正真正銘の二卵性双生児だ。顔だちもよく似ている。

でも、はっきり言って澄玲の方がよほど、イケメンだ。

切れ長で涼しげだがしっかりと力のある瞳。長いまつげ。黙っていれば中性的で整った顔だけど、口がオレより少し大きい。笑うとやんちゃな少年ぽさが出るところが特に「いい」とファンから人気らしい。

「しかしこの子、本当に女の子？」

澄玲の映像をまじまじと見つめ、育斗がたずねてくる。

「そうだよ。かわいいだろ」

「かわいいっていうか、かっこいい。これはアレだよね。バレンタインに女子から山盛りチョコ貰うタイプの女子だよね」

「うん。高校からは知らないけど、中学の頃はすごかった。オレの三倍はもらってた」

後輩の女子に校舎裏に呼び出されてドキドキしてたら「これ妹さんに渡してください」と頼まれた経験が何十回とある。小さかった身長は中三でほぼ追いつかれ、今は兄妹そろって一七五cmくらいに落ち着いた。

「なんていうかさ、完全に咲楽の上位互換だよねこの子。華がある」

「その言い方はやめろって……」

ちなみにこれもよく言われる。オレに足りない色気とか、ふとした場面で見せるちょっとした陰りみたいなもの、そういう諸々《もろもろ》が澄玲にはある。顔立ちも声も体つきも似てるんだけど、視線の強さとか声量とか歌唱力、そういう資質も悲しいかな、圧倒的に妹の方が勝っていた。

中学卒業後、澄玲が受かった「高倍率の志望校」は、あかね塚の団員を養成する音楽学校だ。入学当時から男役期待の新星と呼ばれて追っかけがついたし、バレエや日舞や声楽をみっちり仕込まれたエリートたちと競って勝ち、新人公演で主役も射止めた。双子の兄がいるというのは、コアなファンなら知っている事実だけど、あまり大っぴらにはしていない。

「いいなあ。俺この子タイプだわ。紹介しろよ咲楽」

おっさんはおっさんでそんなことを言う。

「断る」

「……顔が怖いぞ、おまえ」

子役としてデビューしたのはオレが先だったけど、その後才能が開花したのは澄玲の方が早かった。オレがプリズンにいた二年間、あかね塚のスター路線を走り、チケットをガンガン売っている。来年には名実ともに『トップ』になり、いずれ看板公演『ロミオとジュリエット』のロミオ役をまかされるだろうと、当たり前のように囁かれている。

それでもオレは、約束を忘れてない。

いつかは澄玲に追いついて、一緒に舞台に立つ。

『私は舞台が好きで仕事が好きで、ファンの一人一人が大切です。だから頑張れる。だけどふっと、兄がずっと遠くにいるんだなと思うとさみしくなることがあります』

澄玲の声はしっとりとよく通る。

食堂の端で、取り巻きを引き連れた佐橋歩夢が機嫌の悪そうな顔でこっちを見ていた。

家族を引き合いにだして情に訴える、自分がやったのとまったく同じことをカウンターで返されたわけだからムッとするのも無理はないだろう。第三者に支持を訴えさせるのは別に反則じゃないし、事務所の先輩や仲のいいタレントに頼んで「あいつに清き一票を」とやって貰ってるやつはいくらでもいる。けどこっちは嘘偽《いつわ》りのない本音だし……何より、視覚的にもインパクトのある双子だ。

『いち団員の身で我儘《わがまま》を言ってごめんなさい。でもどうか、兄に力を貸してほしい』

あかね塚の役者は基本的に、プライベートをそれほど発信しない。今回澄玲が動画をアップしたのは、個人の動画チャンネルなんだけど、これだって人気が出た団員じゃないと持てないものだし、内容は新公演の告知などごくごく無難なものに限られる。だからこれはかなり異例なことだ。きっと頑張って、上層部にかけあってくれたんだろう。

「これは……イケると思うね……」

「ぎゃああああ！」

机の下からにゅっと映太郎が出てきた。育斗がかわいそうなほどビビって、また背筋をピンと伸ばす。

「な、なんだよ突然、びっくりした」

「ふふふ、ごめんね……イケメンが消えた日本で、あかね塚の男役の注目度はとてつもなく高いわけでね……男女の双子ってヲタ心に刺さる設定だしね……しかも彼氏彼女じゃなくてきょうだいを半身にして生きるだなんて美しい図式だしね……ふふふ……素晴らしいよ」

言うだけ言って、映太郎はすすすと去っていった。相変わらず神出鬼没《しんしゅつきぼつ》だ。

『イケると思う』と言われたからってわけでもないけど、自分のチャンネルにアクセスしてみた。

ポイントがリアルタイムで上がり続けている。

もうここまで来たら、できることは何もない。

集計結果の発表は、明後日の正午だ。

「いいか？　じゃ更新するぞ」

翌日、人の多い食堂だとどうしても落ち着かないので、映太郎のラボ（と本人が呼んでいる個室）に転がり込んだ。相変わらず電子のスラムのような部屋は、ＩＴ事業者特権でネットがつながる。

正午十分すぎ。もう投票結果は発表されている。前日、オレが三位で佐橋が一位という状況で集計は打ち切られた。ただ、一位から三位は見事な団子レースで一〇〇〇票も差がなく、正式な集計を待たないと結果は分からない。

更新ボタンをひとつタッチすれば、誰が一位になったか分かるはずだ。

レトロゲームの基盤やらよく分からない機材やらで埋め尽くされた部屋をむりやり片づけてちょっとしたスペースを作ってあった。昼間なんでビールはないけど、勝っても負けても食べようということで、ピザやらカットフルーツやら、いろいろとごちそうが用意してある。ピザは調理室を借りて、生地《きじ》から育斗が焼いた。

「あのさ、ありがとう」

おっさんの指がタブレットの画面に触れる、その数センチ手前でオレは言った。

「どした、急に」

「いや……なんか、いろいろ。衣装作ってくれたり、ゲーム作ってくれたり」

そういえばちゃんと礼をしてないと思って言ったんだけど、やっぱり改めてって言うのは恥ずかしかった。芝居の台詞の「ありがとう」の方がよっぽどスルっと出る。

「いいんだよ湖川君、これはビジネスだからね……そのうち妹さんのデータもくれないかな……多分君のより売れるし」

「そうそう、俺の仕事も増えたしな」

「俺も外出たら、姉ちゃんとか世話するチビッコに自慢しまくろ。湖川咲楽と友達なんだよって」

口々にそんなことを言われても、やっぱりちょっと面映《おもは》ゆい。

照れ隠しのために少し勢いをつけて身を乗り出し、さっと指先でタッチした。もうできるだけサラッと、何の気負いもないような仕草で。実際にはむちゃくちゃ、緊張していたけど。

すっと何の抵抗もなく、スムーズに画面が更新される。

何人分も並んだ有名人の名前、その一番上にある名前が、ぐいっと目に入る。

1・湖川咲楽
ちゃんとそう、書いてあった。全身から力が抜ける。

「おおー……」

オレ以外の三人が全身の空気を全部吐き出すように、声を上げる。

「一位じゃねえか……」

「すっご……」

「ふふふ……」

実際に目《ま》の当りにしてみると、実感が薄かった。日本じゅう隔離されたイケメンの中で、オレが一位を取った。実力を評価されたわけじゃなく好奇心とか萌《も》え心とかそういうものが大半だけど、それでも誰よりも支持された。

「良かっ、た」

ガクっと首が落ちた。

細かいことは、今は何も考えられない。

ただ一つ、確かに言えることがある。

「ありがとう、すっげー嬉しい……オレでもやれるんだな」

ヨレた声が、喉《のど》からこぼれた。みっともなく震える声帯が、喜びを包み隠さずに伝える。

「それに、これで澄玲に会える……」

「お前は本っっっ当にシスコンだな！」

三本の腕で思い切り、突っ込まれた。


ワイン、シャンパン、世界各国の料理に芸術的な飴《あめ》細工。目を疑うようなビッグネームから贈られた花束に電報。

普段は立ち入ることができないセンタータワーのレセプションホールは、華やかな喧騒に満ちていた。表彰と取材は終わって、あとは取材陣抜きのご歓談タイムだ。おっさんが用意してくれたスーツの首元を、ちょっと緩める。

会見で、生まれて初めてというほどたくさんのフラッシュを浴びて、いろいろと質問を受けた。本当にレセプションに来れたんだと、そこでやっと実感した。

取材内容はゲームと澄玲のことが大半だったけど、それでもたくさんの芸能人から選ばれてここに立ったんだと思うと嬉しい。

立食形式のパーティーはつつがなく進んでいる。ニュースで顔を見たことのある有名人ばかりがあたりを行きかい、再会を喜んで抱き合ったり、何か難しい顔で語り合ったり。同伴者の女性も交じってはいるものの、基本的にはインテリと成功者しかいない場なので、率直に言えばオレはけっこう浮いている。

一段高くなったステージには贅沢《ぜいたく》にもグランドピアノが置かれていて、華奢《きゃしゃ》な男が優雅に生演奏をしていた。タレントじゃないのが信じられないほどの美形で、頬に刃物をすっと走らせたような傷跡がある。あんな場所にどうして横一文字の怪我《けが》なんかしたんだろう。

「やあ、湖川君」

「あ、はい……」

誰かに気安く声をかけられて、軽く頭を下げる。

短く刈り込まれた髪にちょっと神経質そうな目元口元、しかしパーツの配置はほぼ完ぺきで、文句なしのイケメンだった。光沢《こうたく》のない黒のスーツがほれぼれするほど似合う。

誰だっけ、声は知ってる気がするんだけど、と思って……次の瞬間「まさか」と呟きが漏《も》れた。

「その『まさか』だよ。やだな、他人行儀で……片桐だよ、片桐映太郎」

「ぶっ！」

口に含んでいた炭酸水を思い切り噴きだした。

「おま……映太郎？　マジで？」

「そうだよ……僕が招待されないわけないでしょ。プリズンで稼《かせ》いでしこたま納税してんだからさ……」

「お、おう」

髪を切ったらイケメンだろうとは思っていたけど、こうして晴れやかな場で会うと単純に驚く。魔窟にいるのとは別人だ。

「ふふふ……また新しい取引相手探さなきゃいけないから、悪いけどこれで失礼するね……今日はおめでとう……じゃ……」

商売っ気を全開にして、映太郎はススとオレから離れていった。本当に仕事関係だと人知りが封印されるらしい。

その背中を呆然《ぼうぜん》と見送っていると、さらに声をかけられた。

「お兄ちゃん」

泣けるほど聞きたかった、肉声の『お兄ちゃん』だった。

「澄玲……」

そこにいたのは、二年ぶりに会う妹だった。妹の澄玲というよりは、あかね塚の「さくらの玲」だけど。マナー通りにぴっちりとベストまで着込んで、すっと立つその姿に、周囲の老若男女がほぼ例外なく熱い視線を送っている。

「久しぶり」

「うん……」

なんでだかオレのほうが緊張した。久しぶりに会ったらまず今回協力してもらった礼を言って、実家の両親がどうしてるか聞いて。そんな風にいろいろシミュレートしてきたのに。売れっ子だけが持つ圧倒的な存在感に、身内でありながら気圧《けお》されていた。

「ははは、なんでお兄ちゃんが緊張してるの」

ごく軽く発せられたその「ははは」に、何とも言えない余裕と風格を感じる。文字だけでやり取りするチャットとは違う。澄玲はもうすっかり、あかね塚の看板男役で、トップ候補だ。オレの手が届かないスターになる日も、きっと遠くない。

「あ、えっと」

置いていかれたような心境になってまごつくオレに、澄玲は切り出す。

「お兄ちゃん。私、ゲームをやったんだよ」

「？　うん、ゲーム？」

突然そんなことを言われて、オレは戸惑《とまど》う。

「そう。お兄ちゃんが主役に扮《ふん》してた『東京ブロンクス』」

「あ、やったんだ。面白いよなあれ」

今度は普通にさらりと返事が出来た。まあ結局は兄妹なので、共通の話題さえあれば気まずさだって長くは続かないものだ。

「うん。面白かった。ね、私『ナギ』の役がやりたいな」

「？」

「知ってる？　『ナギ』ってさ。男じゃなくて女の子って説があるんだって。ネットだとすっごく根強い説なんだけど」

それは何となく知っていた。主人公「リク」の相棒である「ナギ」は男性でありながら、リミットである十九歳十一カ月を超えてもウィルスに感染せず、桜の紋が身体に出ない。まだ物語は途中なのですべての謎は明らかにされていないが、熱心なファンはナギについて、抗体のようなものを持っているか、あるいは男のフリをした女なのではないかと予想している。

「あれが舞台化されたら私、ナギがやりたい。もちろんお兄ちゃんはリクで」

「あ……」

「何年先かは分からないけどさ。どんなに有名になってもならなくても、約束は忘れないでよ?」

「……うん」

「施設の中でも、ちゃんとレッスンしてね?　演技の勉強も忘れないで」

「うん」

しっかり者の妹の口調で言われ、いつものように素直にうなずいた。

オスとメスのライオンになって家じゅうを走り回っていた子供の頃をふっと思い出す。

明日からはまたプリズンでいつも通りの生活が始まる。次に舞台に立てるのはきっと、ずっと先だろう。それでも。

「ちゃんと準備しとくよ」

「よし、約束ね」

見とれるほど優雅な仕草で、澄玲がグラスを差し出す。キンとかすかな音がして、オレのそれと触れ合った。

「あ、またスピーチがはじまるよ」

澄玲は体の向きを変えて、ステージの方を見た。

つややかな頬をした背の高い男性が、緊張気味の表情で壇上に上がっていく。ゆうぐれウィルス抑制にまつわる大発見をした、東大の農学者だそうだ。

専門的なことは分からないけど、確かに一歩ずつ「元の暮らし」が送れる日は近づいているのかもしれない。その日のために、立ち止まっちゃいられないなと思った。

エピローグ ✹ 宇宙から来た男、三度《みたび》

「……というわけで……研究に対して支援をしてくださった皆さん、それから、今日ここには来られなかったけれど、網走《あばしり》での研究に協力してくれた友達にも、この場を借りてお礼を言いたいです。ありがとうございました」

小里《こざと》シオンのスピーチに拍手が起こった。はにかんだように微笑んで壇上から降りてきた彼は、金屛風《きんびょうぶ》の裏で待機していた私に会釈《えしゃく》をする。T800抗体という、まるきりターミネーターの型番のような名前の酵素《こうそ》を発見した立役者だ。

「あ、志水《しみず》さん……ですよね？　お久しぶりです」

「ああ、研究は順調か？」

「はい、一応……例の計画、頑張ってください」

彼とはウィルス対策の集まりで一度、顔を合わせたことがあった。自身も保菌者である故《ゆえ》、いろいろと制約は多いが網走と東京を行き来しながら研究を続けているという。

ぺこりと頭を下げて会場に戻っていった小里シオンはすぐに来賓《らいひん》たちに取り囲まれ、ひっきりなしに握手を求められている。

ゆうぐれウィルスの流行から二年。彼の発見した抗体で、中レベル程度のキャリアと非保菌者の接触にもある程度の安全が保たれるようになり、こうして短時間ならばパーティーもできるようになった。

屏風の隙間《すきま》から見れば、研究者や役人に交じって、イケメン・プリズンの入所者たちも思い思いに歓談している。芸能人を代表して招待されたという青年はそっくりな顔をした親族らしき女性（男性かもしれない）と会えて嬉しそうだし、航宙戦略担当の津和《つわ》大臣は結婚三十年になるという和服姿の細君と仲睦《なかむつ》まじく寄り添っていた。

先程までBGM代わりの生演奏をしていたピアニストは、マスクをつけた痩《や》せ型の男と親しいような気まずいような微妙な距離感でぽつぽつと言葉を交わしている。ここはどういう関係なのか分からない……と思っていると、年上の男の方がスタッフに連れられて退出した。短時間しか面会できないということは、あれはおそらく数値の高いキャリアだろう。

そうだ、ウィルス対策は確かに前進した。しかし高レベルのキャリアや、すでに昏睡《こんすい》状態にある人間を救うには至っていない。

「それでは最後に、宇宙飛行士志水清隆《きよたか》さんからスピーチを頂戴《ちょうだい》します」

そんなアナウンスを合図に、私は壇上に上がった。

「今日、あらためて正式に発表する」

前置きもなしに思いきり、会場を睥睨《へいげい》する。

万が一にも感染しないよう、今日も私は防護スーツ姿だ。突然あらわれた怪《あや》しげな風体《ふうてい》の人間に、場内はしんと静まり返った。

「再来年の夏。私は、宇宙に行く」

おお……、と低く、感嘆《かんたん》の声がいくつもあがった。

「すでに報じられた通り、クラウドファンディングで一〇〇億を集めた。ウィルス完全撲《ぼく》滅《めつ》のため、その起源を探る探査飛行に出る。イグニッション・ギャラクシー社と再契約し、すでに有人でのサンプルリターンを想定した訓練に入った」

成功すれば、NASA《ナサ》の頭《つの》をも飛び越える歴史的偉業になる。インターネットを中心に大掛かりに投資を募り、記録的なスピードで目標額を達成した。『友達を助けるために宇宙へ行く』というハリウッド映画のような話への食いつきは異常によく、日米のIT企業の社長や財団関係者、中国の大富豪に中東の石油王、それこそ宇宙飛行士の役を何度も演じたハリウッドスターまでがこぞって投資を申し出てきた。

だから私は最近、『一〇〇億の男』と呼ばれている。もちろん単位は円ではない。ドルだ。

「私は絶対に、決定的な手がかりをつかむつもりだ。かけがえのない、友人のために」

数多の視線が、私に注がれている。ポカンとしている者、感激したような者、となりにいるパートナーと顔を見合わせている者。ふいになぜか、宇宙から見た地球を思い出した。

国際宇宙ステーションの観測モジュール「キューポラ」にある七枚の窓、そこから地球を見たことが何度となくある。人生観が変わるほどの光景だという者も多いが、私はただの、まばゆい青色の発光体だとしか思わなかった。それでも七〇億の人口がここに収まっているのかと思うと感慨《かんがい》深かった記憶がある。

まっさきに拍手をしたのは津和大臣とその妻で、パチパチとまばらだったそれはすぐに会場全体に広がった。

この後すぐに会場を辞して米国に戻り、コマンダーとしての訓練を再開する。

次に日本の地を踏むのは、数百万キロの旅を終えた後だろう。

喝采《かっさい》の中で待っていろ、と小さくつぶやく。まばたきをすると、瞼《まぶた》の裏に青い地球が一瞬だけ見えた気がした。

※この作品はフィクションです。実在の人物・団体・事件などにはいっさい関係ありません。

集英社オレンジ文庫をお買い上げいただき、ありがとうございます。
ご意見・ご感想をお待ちしております。

● あて先
〒101-8050　東京都千代田区一ツ橋2-5-10
集英社オレンジ文庫編集部 気付
相羽　鈴先生

集英社
オレンジ文庫

イケメン隔離法

2018年5月23日　第1刷発行

著　者　相羽　鈴
発行者　北畠輝幸
発行所　株式会社集英社
〒101-8050東京都千代田区一ツ橋2-5-10
電話【編集部】03-3230-6352
【読者係】03-3230-6080
【販売部】03-3230-6393（書店専用）
印刷所　図書印刷株式会社

※定価はカバーに表示してあります

ISBN 978-4-08-680193-5 C0193